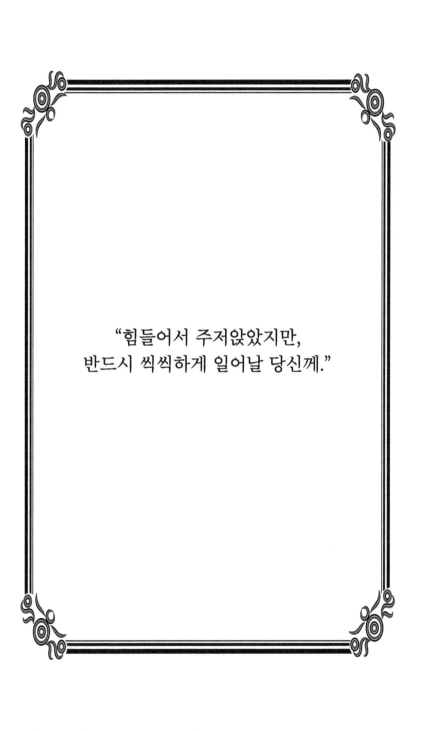

"힘들어서 주저앉았지만,
반드시 씩씩하게 일어날 당신께."

홍 기자는

1990년대 중반부터 연예부 취재기자로 근무했어요.
팝송을 듣고 자란 세대인데 영어도 잘 못 알아들으면서
초등학교 저학년 때부터 AFKN을 즐겨 시청했어요.
음악과 영화는 살아가게 하는 가장 주요한 원동력이고요.
영화도 OST를 통해 각인되는데,
힘들 때 음악을 통해 동기부여를 다시금 받는 편이며
MBTI는 INTJ-A에요.
'아카데미 시상식', '그래미 시상식' 등을
공중파 TV에서 방영해 주던 그 시절에
절대 빼놓지 않고 시청했고요.
음악을 너무 좋아해서
대중 음악 분야 전문 담당 취재를 했으며
대중가요 작사도 했어요.
다양한 장르의 음악을 좋아하지만
특히 록 음악 마니아로서 록 음악을 정말 사랑해요.
기타리스트 '슬래쉬'와 '리치 샘보라'를 좋아하고,
영화는 '그리스(1978년 작)'를 좋아하며
배우는 '존 트라볼타'를 좋아해요.
영화 OST는 'You are The One That I want',
만화 '우리들의 이야기', 한국 드라마 '공주의 남자',
미국 드라마 'V', 소설 '소나기', '천년의 사랑'을,
부활의 '사랑할수록', 임재범의 '사랑보다 깊은 상처',
TXT의 '9와 4분의 3 승강장에서 너를 기다려', 그리고 커피를 좋아해요.

출간 도서는, [BTS, 음악], [괜찮아?],
[회색 하늘도 색색 빛깔 하늘로 바뀔 수 있어],
[안갯속 그녀_리턴], [자작나무 숲속의 집],
[록 밴드 패밀리] 등이 있어요.

네이버 포스트 찜커뮤니케이션출판
트위터 @zzim_hong
인스타그램 book7book

<휴먼 판타지 중편 소설>

마법의 고민 상담소

홍 기자 지음

소설을 읽기 전에

마법의 고민 상담소
달콤한 향기 가득한 여기는 마법의 고민 상담소!
어서 오세요!
고민을 들어 드립니다.

 가족이나 친구는 너무 가깝죠. 그래서 조건 없는 위로를
받을 수 있을 것 같지만, 오히려 '아픈 화살'로 깊은 상처를
계속 주고받으며 치유할 수 없는 관계가 되는 일도 있어요.
 내가 겪는 고통이 가장 힘든 건데 그것을 잘 이해해주려
하지 않거든요.
 그런데 말이에요. '나와 상관없는 완전한 타인'에게 고민

을 털어놓고 위로받을 때가 있어요. 그 사람은 전혀 모르는 사람일 수도 있고 아니면 상담전문가일 수도 있죠. 물론 그 관계에서 원하는 것을 얻지 못하고 공허함을 느낄 수도 있겠지만 어느 상황이든지 얻는 것과 잃는 것이 있으니 너무 염려하지 말기로 해요.

'계속 만날 부담 없이, 나를 다시 흉볼 필요도, 의미 없이 공격할 이유'도 없는 '당시의 위로자인 타인'이 나의 고민을 그저 가만히 들어 주는 것. 그것만으로도 바닥에 떨어진 용기를 다시 잡을 수 있는 귀한 힘이 될 수 있는 것 같아요. 대단히 거창한 대답이나 조언이 아닌, 그저 가만히 집중해 들어 주고 고개를 끄덕여 주는 것만으로도 위로를 얻을 수 있다는 것을 알 수 있어요. 말하면서도 뭔가 바뀔 거라는 기대를 하지 않았지만 예상치 않게도 마음이 평안해지면서 스스로 '길을 찾을 힘'이 생기거든요.

용기가 생기면서 내가 정말 좋아했던 음악을 다시금 듣고 내가 정말 좋아했던 책을 읽으면서, 또한 내가 정말 사랑하는 장소에 우연히 가게 되면서 가슴이 벅차지고… 나를 다시 일으켜 줄 동기부여는 너무 다양해요.

"얼마나 힘드세요."

"여기, 우선 편안하게 앉으세요."

라면서 존중의 눈길을 맞추며 조용하게 이끄는 그 따뜻한 손짓 한 번이 얼마나 큰 위로가 되는지요. 스르륵 눈을 감고 잠에 빠져들면 따스한 동화 속 한 페이지에 한 사람도 빠짐없이 가서 경청의 위로자 마야를 꼭 만나시길 바라요.

홍 기자

| 목 차 |

프롤로그

-공부만이 살길인가요?

공부, 자퇴 그 선택의 길

혼란, 그 정답이 뭘까?

현실과 꿈의 경계

학교는

동화 속에서

그저 가만히 들어주는 것의 힘

노란색_호기심, 그 냉철함의 선을 지키다_1

노란색_호기심, 그 냉철함의 선을 지키다_2

프롤로그

철컥,

차가운 회색빛 고단함을 안은 자물쇠.

그것이 고집스럽게 달린 갈색 문을 열쇠로 열었다. 문 옆 벽 전등을 켜니 노란 불빛이 방 전체를 따스하게 감싸며 팔을 둘렀다.

마야는 자동으로 가느다란 실눈이 되며 오늘도 방의 물건들과 하나하나 눈을 맞췄다.

손을 대면 차가워서 흠칫 뒷걸음칠 것 같은 문밖의 표정과 부드러운 따스함을 다정하게 안은 문 안의 표정은 어쩌면 이렇게도 다를까?

스산한 바람이 부는 삭막한 거리를 걷다가 멈춰 선다.

그리고 눈을 감고 숨을 크게 들이마셨다가 내 쉬며, 한 발짝 성큼 들었다 내리면서 발바닥이 바닥에 닿는 순간 눈을 번쩍 뜬다.

그러면 크리스마스 캐럴과 구세군 종소리가 귓가에 착착 감기는 아담한 마을로 들어선 느낌이랄까…….

거기에다 성냥팔이 소녀가 온 마음을 다해 들여다보던 온기 가득한 벽난로가 있는 집도 생각난다.

물론 성냥팔이 소녀의 생활은 너무 마음 아프지만, 소녀가 보던 창문 너머 그 집은 따스하고 행복했으니까.

벽난로 앞 흔들의자에 나른하게 앉아 털목도리를 뜨는, 동화 속 발그레한 뺨의 작은 아씨들도 생각난다.

무뚝뚝하게 열쇠를 안은 문의 앞, 뒤 표정은 책꽂이에 동화책을 잔뜩 꽂아도 넘칠 정도로 마야의 상상력을 늘 몽글거리게 한다.

마야는 투박한 재질로 만든 가방에서 둥굴레차, 옥수수차, 녹차, 국화차 등 여러 가지 티백을 꺼내 고운 도자기 찻잔 옆에 하나둘 셋하고 줄을 세워 눕혔다.

집에서 소중하게 챙겨 온 이 티백들은 아마 오늘도 누군가의 마음을 잔잔하게 적셔줄 것이다.

울컥하고 치밀어 오를 것같이 답답하고 아픈 각자의 고민이 있을 것이다.

진심 가득한 손으로 조물조물 만져주듯, 따뜻한 차가 피로한 목 안의 길을 천천히 내려가다 보면 마음속 가득한 눈물까지 씻어 내려줄 것이고…….

너무 가까워 무례해서 상처를 주고받기도 하는 가족이나 아니면, 친하다고 믿는 사람들.

그들에게 배신감을 느껴 절망하는 것보다는 차라리 나와 상관없는 그 누군가에게 고민 보따리를 풀어 놓는 게 오히려 탁 트이는 위로가 될 수도 있을 것이다.

상상의 망토를 두르고 궁금한 곳으로의 여행을 떠나며 진심이 담긴 위로의 차를 마실 수 있는 곳.

그렇다. 이곳은 고단한 이들의 고민을 '들어 주는' <마법 상담소>이다.

자, 오늘은 어떤 사람들이 저 갈색 문을 열고 들어올까?

공부, 자퇴 그 선택의 길

"으~악! 이게 뭐야!"

머리에 뭔가 '쾅'하고 부딪힌 것처럼 충격이 느껴졌는데 아프지는 않았다. 부드럽고 말랑말랑한 공과 같은 것이 휴의 앞머리에 탕 부딪혔다.

몸의 부분이 어떤 물체에 부딪치면 '띠용'이라는 느낌을 그리는 만화의 표현처럼 휴의 귓가에도 '띠용'이라는 소리가 났다.

와, 진짜 이런 소리가 나는구나.
그런데 참 이상하네.

아프지는 않은데 '내가 엄청난 것에 부딪혔구나!'라는 본능적인 느낌이 들었다. 18년 1개월, 성인에 비해 그렇게 길게 산 인생은 아니지만, 휴가 지금까지 살면서 '모순되게 맞닥뜨린 이런 신기한 느낌'은 정말 처음이었다.

등과 가슴이 갑자기 서늘해져 눈을 번쩍 뜬 휴가 슬쩍 주위를 둘러보니 거리다.

아주 쓸쓸한 영화에 나올 법한 스산한 작은 거리.
아! 이런 거리를 어느 영화에서 봤더라? 분명히 봤는데?

휴는 한국 사람이고 또한 한국에 살고 있는데 지금 서 있는 거리는 외국의 거리 같았다. 바닥도 늘 익숙한 보도블록이 아닌 '적당한 크기의 돌로 촘촘하게 채워진, 여행지로 유명한 외국의 어떤 나라'의 바닥 같았다.

이렇게 돌로 만든 거리를 TV 프로그램에서 봤어.
여행 책자에서도 봤고 말이야.

거리에 떨어진 흑백 신문지 한 장을 함부로 품에 안은 바람이 휴의 얼굴을 강하게 부딪친 후 단발 머리카락을 두 번 건드리며 지나갔다. 바람을 안은 신문지에 무방비로 얼굴을 맞은 휴는 순간 기분이 좋지 않아 목을 꼿꼿이 들고서는 입을 꽉 다물고 정면을 노려봤다.

그래, 그러니까 지금 여기가 어디냐고.

이때 어디선가 '뎅, 뎅, 뎅' 철탑 종소리가 들려 소리가 나는 쪽으로 급하게 고개를 돌리니 낡은 회색빛 건물이 보이고 한 사람이 겨우 올라갈 만한 계단이 보였다. 뭔가에 이끌리듯 건물 입구 계단 앞에 우뚝하니 선 휴는 고개를 들어 계단 끝을 올려다봤다.

하나, 둘, 셋…
그래, 계단이 총 15개구나.

무엇이든 숫자를 세어 보는 습관이 있는 휴는 계단의 처음부터 끝까지 눈으로 세어 봤다. 휴는 긴장이 되어 후하고 숨을 깊게 내쉬었다. 첫 번째 계단에 발을 올렸고 두 번째, 세 번째, 그렇게 계단을 올라갔다.

* * *

15개의 좁은 계단을 꾹꾹 눌러 밟듯이 올라간 휴는 오른쪽으로 꺾어져서 나무 바닥의 복도를 죽 지나는데 저 끝에 방문이 보였다.

이 복도에는 저 방 한 개밖에 없네?
참 이상해, 모든 게…….

아, 여기구나.

한 개의 방. 휴의 발걸음이 멈춘 곳은 갈색 문이 버티고 있다.
갈색 문의 위부터 아래까지 훑어보니 팻말은 없고 작은 종이 한 개 달려 있는데 새 모양의 황금색 종이고 녹이 슨듯 중간중간 색깔이 벗겨져 있다.
한 5센티미터쯤 될까? 종에는 노란색 끈이 달려 있다.

이 끈을 잡고 땡땡땡 흔들어야 하나? 그래, 당긴 후 흔들어 봐야지.

"땡땡땡"

휴는 새의 다리 쪽에 연결된 노란색 끈을 잡고 당긴 후 앞, 뒤로 조심스럽게 두 번씩 흔들었다. 종소리가 너무 작았다. 더 세게 흔들어야지.

"땡땡땡!!"

앗! 깜짝이야!

본인이 흔들고도 처음보다는 명료하게 울리는 종소리에 놀라 흠칫 어깨를 움츠린 휴는 괜찮다는 듯 눈을 한번 깜박였다. 그러고는 어깨를 '조금은 과하게' 뒤로 쫙 폈다.

'철컥' 소리와 함께 갈색 문이 끼익 소리를 내며 열렸다.

휴는 마른침을 꿀꺽 한번 삼키고서는 따스한 노란 빛이 새어 나오는 열린 갈색 문 안쪽으로 오른발을 들여놓았다.

***

"뭐? 자퇴한다고?"

"응."

"엄마가 잘 못 들은 거 아니지?"

"나는 정확하게 말했고 엄마도 정확하게 들은 것 맞아."

'자퇴'라는 단어를 힘주어 강조한 휴의 입술을 빤히 쳐다보던 휴의 어머니는 시선을 움직여 휴의 눈에 고정했다.

자퇴라니? 이게 무슨 일이야?

가만, 휴는 고등학교 2학년이라고.

그리고 지금은 2학기인데다가 중간고사가 끝난 지 이제 일주일밖에 안 되었잖아. 거기에다가 1학년 때와 비교해서 성적도 아주 많이 올랐고 말이야.

혼란, 그 정답이 뭘까?

‘오랜 시간 꾸준한 집중’보다 ‘짧은 시간 초집중’을 추구하고 ‘미리미리 준비하는 성향’이 아닌 ‘본인 코드에 맞을 때 닥쳐서 서두르는 성향’인 휴이다. 물론 그런 것 때문에 어머니와 자주 부딪히는 건 사실이지만.

하지만 그런데도 공부도 곧잘 하고 시험은 잘 보기 때문에

“휴야, 너는 천재가 틀림없는 것 같아.”

또는,

“어쩜 그렇게 몰아쳐서 짧게 공부하는 데 시험 성적은 좋니?”

라는 말과 함께

"이렇게 해도 성적이 좋은데 평소에 꾸준히 하면 얼마나 좋겠니? 응?"

하면서 1절에 이은 2절로 말을 끝내는 어머니였다. 뭐 물론, 휴가 공부보다 게임을 심하게 좋아하는 건 있다. 그래서 방학 때마다

'설거지 2회'에 게임 20분,
'빨래를 널고 개서 서랍에 정리'하면 게임 40분,
'설거지 2회 + 빨래를 널고 개서 서랍에 정리 + 쌀을 씻어 밥솥에 안치고 + 가족들 식사 차리는 것 1회'에 게임 1시간 30분,

이런 식으로 어쩔 수 없이 서로 약속을 정해 게임에 몰두한 미운 뒤통수를 흘겨보기도 했지만…….

좋아하는 게임 시간 확보를 위해 방학 때만 되면 사활을 걸고 살림에 솔선수범하는 휴였다. 그래도 학교 공부와 시험은 기본을 지켜 어느 정도의 성적을 유지하기 때문에 크

게 혼내지는 않았다.

하지만 사실 어머니는 휴가 게임에 대한 집착을 조금 내려놓고 공부에 더 집중해줬으면 하는 마음이 컸다. 그러던 차에 휴가 고등학교 2학년이 되면서는 좋아하는 교과 선생님이 생겼다. 그러면서 휴는 아주 딴사람이 된 것처럼 공부에 몰두하기 시작했다.

컴퓨터 책상에 놓여 있는 휴의 손바닥만 한 스프링 수첩에는 뭔가 빼곡하게 적혀 있었는데, 휴가 밤낮 쓰던 글씨의 정체가 예전에는

'무슨 암호와도 같은 게임 코드와 숫자'였다면

지금은 '인터넷 강의 수강 일정표' 내지는
서점에 주문할 참고서와 문제집 등 메모의 차원이 달라졌으니 놀랄 노 자였다.

또 스마트폰에 순서대로 자리 잡고 있던 좋아하는 게임 앱들 말이다. 그 게임 앱들을 일말의 흔들림 없이 매몰차게 삭제한 휴의 모습은 총만 차지 않았지, 흡사 전쟁터에 나갈 준비를 하는 병사와도 같았다.

또한 월드컵 결승전에 출전하는 축구 국가대표처럼 결의
에 찬 모습이었다.

***

"휴야, 오늘도 학원에 갈 거니?"

"응, 가야지."

"시험이 아직 2주일 남았는데 수업 없는 날은 그냥 오지
그래. 매일 가면 힘들잖아."

"엄마, 힘들어도 가야지. 시간이 부족하다고."

"무슨 시간이 부족해?"

휴의 말에 어머니는 가슴이 철렁하고 내려앉았다.

"공부할 시간이 부족하다고."

"학원에 그렇게 매일 가는데도?"

"그렇다니까?"

"다른 아이들도 매일 와?"

"매일 오는 애들도 있고 수업 있을 때만 오는 애들도 있
고 다 달라."

"저녁밥은 밖에서 먹지?"

"응, 원장님이 사주시기도 하고 친구랑 간단하게 음식 사와서 전자레인지에 데워 먹기도 하고 뭐, 그래."

얼마 전 옮긴 수학 학원이 다행히 마음에 드는지 휴는 학원에도 매일 가고 원장님과 공부에 관한 대화를 곧잘 나누는 것 같았다.

다행이지 뭐.

예전 학원은 수업 자체가 별로 마음에 들지도 않고 성적도 간신히 유지만 했었다. 학원에 다녀온 휴의 얼굴색은 유효기간이 한참 지난 밀가루처럼 누랬다.

사실 지금도 누런 건 여전하지만 '웃는 밀가루 얼굴'로 들어오니 한결 안심된 건 사실이다.

오늘도 밤 10시 25분이 되니 빌라 인터폰이 울렸다.

휴가 학원에서 집으로 돌아오는 시간이다.

웃으면서 들어오겠지?

휴가 웃어야 마음이 편하다고.

현관문을 열어 주니 휴가 들어오는데 뭔가 느낌이 이상했다. 눈두덩은 퉁퉁 부었고 입술을 비죽거리면서 운동화를 벗는데 발에 힘이 하나도 없다.

왜 그러지?

현실과 꿈의 경계

어머니는 붉은색 벽돌 열 개는 족히 넣은 것 같이 무거운 휴의 가방을 힘을 꽉 줘서 양손으로 받아줬다. 서로가 하는 매일의 귀가 인사인

"어, 휴야, 오늘도 고생했어."

라는 말도 하지 못하고 식탁 쪽으로 걸어간 휴의 뒤를 따라가 식탁 의자에 가방을 조용히 내려놓았다. 여전히 아무 말이 없다.

***

휴는 요즘 감기 기운이 있다. 그래서 '좀 이르지만 벌써 목에 두르고 다니는 상아색 목도리'를 풀어 식탁 의자에 걸어 놓았다. 점퍼는 벗지도 않고 뒤돌아서서 우두커니 서 있다.

침묵을 잔뜩 인 휴의 어깨가 곧 무너질 것 같다.

"휴야, 많이 힘들구나."

휴의 등에 조용히 울리는 어머니의 짧은 한마디에 휙 뒤돌아선 휴의 눈에 눈물이 그렁그렁했다. 어머니는 눈꼬리가 축 내려가서 그런 휴를 쳐다보다가 다가가서는 꼭 안아 줬다. 그러자 휴는 꺼이꺼이 목 놓아 울었다.

청개구리 심보라고,
퉁명스럽다고,
왜 그렇게 말이 이기적이냐고

어머니한테 자주 혼날 때 보다

아니면 등짝 스매싱을 덤으로 짝짝 맞을 때보다

휴는 서럽게 한참을 울었다.

불만이 있으면 거침없이 말하는 데다가 말이나 태도가 부드럽지 않아 마음 여린 어머니를 이기려고 할 때도 많은 휴인데, 마치 어머니 품에 안겨 젖을 먹을 때의 아가처럼 약하게 안겨 그렇게 울었다.

원래 머리가 좋고 지적 수준이 높아 세상에 대한 의구심이 많은 휴는 직선적인 성향까지 더해져서 어머니와 자주 부딪쳤다. 그러므로 어머니는 '오늘도 무사히!'라고 하루하루 기도하는 마음으로 휴를 대한다.

그래도 요즘은 공부에 강한 의지가 생겨 세상 모든 어머니가 좋아하는 '모범생'의 모습으로 생활한 휴를 보며 가슴을 쓸어내리고 있었는데…….

"휴야, 뭐가 제일 힘드니?"

한참 울은 휴가 간신히 울음을 그치자 손을 잡아, 식탁 의자에 앉힌 어머니는 바로 옆 의자에 앉아 물어봤다.

"시간이 없어."

"시간이 없다고? 무슨 시간?"

"학교 공부 아니면 입시 준비?"

"입시."

"어떤 의미에서의 시간 부족이야?"

"나는 정시를 준비해야 하는데 우리 학교는 수시 지원 위주로 수업하고 입시 상담도 수시 지원 쪽으로만 하니까 학교에서 도움받기가 힘들어."

"불안해서 다른 공부를 좀 하고 싶어도 그러면 선생님께 혼나고. 학교에도 너무 오랜 시간 있잖아."

"그렇지. 너희 학교는 다른 학교에 비해 수시 지원 비중이 아주 높지."

"아무리 고민해도 수시로는 내가 원하는 대학에 가기가 어렵다고."

"현실을 냉정하게 생각해야 하잖아."

"그래서 정시로 목표를 확실하게 둬야 하는데 학교에서는 수업도, 상담도 정시 쪽 학생은 정보 얻기도 힘들거든."

"그런데 기준을 조금 낮추면 갈 수 있는 대학이 꽤 있잖아. 그것도 좋다고 말하는 대학들 말이야."

"아니, 나는 꼭 ○○대학교에 가고 싶어. 그런데 밀린 공부량이 많으니까……."

여기까지 말한 휴는 깊은 한숨을 쉬었다.

그렇지. 휴는 더욱 고민이 될 거야.
1학년 때는 지금처럼 이렇게까지 열심히 안 했으니까.
내신도 본인 기준에 별로인 데다 봉사활동이니 뭐니, 생활기록부 내용도 부족할 테니까 말이야.

하지만 그래도 휴는 학교생활을 정말 부지런히 했는데 막상 이제 가고 싶은 대학이 확실해져 현실적으로 고민하려니 불안한 것이다.

2년간 개근인데…….
지각, 조퇴, 결석 한 번 안 했는데…….
아파도 병원 갈 시간이 없어 그냥 버틸 때가 많았는데…….

그렇다고 해서 원하지도 않는 대학에는 가기 싫다고 하니 더욱더 괴로울 것이다. 가뜩이나 시간이 부족한 고등학생이 수시 준비로 많은 활동을 해야만 하니 아이들이 하루에 네 시간도 자지 못하는 참혹한 생활이다.

***

길거리에 다니는 고등학생들 얼굴을 좀 보라.

한창 생기 있고 예뻐야 할 아이들이 다크 서클이 잔뜩 내려왔고 안색은 누렇게 떠서 달리기 한번 하면 픽 쓰러질 것 같다.

거기에다가 건설 현장에서 차곡차곡 쌓아 등에 지고 다니는 벽돌 짐의 무게처럼 무거운 가방을 메고 다닌다. 그런 상황들을 이해하기에,

꺽꺽대고 울다가 많이 진정된 휴가 입에 올린 '자퇴'라는 단어에 어머니는 쉽사리 화를 내거나 다그칠 수 없었다.

학교는

    어머니는 창의적인 가치관을 가졌다. 그래도 제도권 내에서 순서대로 이루어지는 과정마다 기본을 충실히 지키는 걸 선호하는 '보수적 기준'도 분명히 있다. 그것에 비춰본다면 '자퇴'라는 단어는 '어머니에게' 매우 충격적임이 틀림없다.

    "자퇴는 요즘 생각한 거야 아니면 좀 되었어?"
    "내 성적으로 ○○대학교에 가기 어렵다는 걸 확실하게 깨달은 순간부터."
    "그럼 몇 달 되었잖아."
    "응, 그런데 그때는 이렇게까지 심각하지는 않았어."
    "심각해진 계기가 있니?"

"있어."

심각해진 계기라……. 그게 뭘까?

어머니는 일어나서 자리를 옮겨 휴와 마주 보는 식탁 의자에 앉았다. 그리고 두 손을 모아 식탁에 올려 상체를 휴 쪽으로 좀 더 기울였다. 사실 어머니는 속으로 덜덜 떨렸다.

내 딸이 자퇴한다니,
어떻게 이런 일이 있을 수 있어.
어서 말해봐 휴야.

"선생님께 뭐든 여쭤볼 일이 있으면 교무실에 가잖아."
"그렇지. 가지."
"그때 이해되지 않는 수학 문제가 있어서 수학 선생님께 갔단 말이야."

어머니는 고개를 한번 끄덕였다.

"그런데 수학 선생님 옆에 앉으신 담임 선생님이 친구하고 입시 상담을 하고 계셨거든."

"아니, 완전히 친한 사이라기보다는 그냥 아는 정도? 그런데 성적이 어느 정도인지는 아는. 같은 반이니까."

"응."

"담임 선생님이 뭐라고 하셨느냐 하면 그 친구한테 "너, 조금만 열심히 하면 ○○대학교 충분히 갈 수 있어! 정말이라니까?"라고 하셨어."

"그게 왜?"

"내가 아는 그 친구 성적으로는, 그러니까 수시란 말이야."

"○○대학교에 절대 갈 수 없거든. 아예 생각 자체를 할 수 없는 불가능한 정도라고 할까? 아무튼 갈 수 없다고."

"그런데 선생님은 갈 수 있다고 강조하셨단 말이지?"

"응. 엄마는 어떻게 생각해? 담임 선생님의 상담?"

"음… 세 가지 생각이 겹친 것 아닐까?"

"세 가지는 어떤 생각이야?"

"너희 학교가 거의 수시 지원하니까 선생님으로서도 어떤 대학이든 합격해서 합격률을 높이는 게 선생님 근무 상황에도 플러스가 될 거고 또 하나는."

휴는 어머니 쪽으로 상체를 가까이 숙여 눈을 동그랗게 뜨고 숨을 꼭 참았다.

"어, 그러니까 말이야. 그 친구가 대학에 갈 마음이 있으니까."

"있는 것 맞지?"

"맞아. 가고 싶어 해."

"맞는다는 전제하에서."

"포기하지 않고 계속 기운 내서 공부하라는 뜻이 있지 않을까? 공부를 웬만큼 하는 친구라면 말이야. 그리고 마지막 하나는."

더욱 크게 뜬 휴의 눈알이 쑥 튀어나와 안경 렌즈에 부딪힐 것만 같았다.

"마지막 하나는, 이건 엄마도 정말 말하기 싫은 건데…"

"선생님이 상담을 대충 하신 거지. 애정이나 관심 없이. 귀찮으니까."

"그냥 용기 내라는 식의 립 서비스 정도라고나 할까?"

이 대목에서 휴는 미간을 찡그리고 상체를 뒤로 죽 옮기고서는 식탁 의자 등받이에 등을 기대고 팔짱을 꼈다.

그래, 마지막 세 번째는 불편한 얘기지 뭐.

***

"그러니까 엄마, 선생님이라면 현실을 냉정하게 판단해서 학생한테 사실을 알려 줘야 하는 게 맞는 것 아니냐고."
"섣부른 희망을 줘서도 안 되고 귀찮아서 대충 말하는 건 더욱 안 되잖아. 한 사람 인생이 달려 있는데!"

휴는 가슴이 답답한 듯 한숨을 쉬었다.

"그러니까. 엄마도 그렇게 생각해."
"그 친구는 선생님 말씀만 믿고 안심할 것 아냐. 정말 조금만 열심히 하면 원하는 대학에 갈 수 있을 거라고 말이야."
"그게 얼마나 엄청난 일이냐고."
"맞아. 네 성적은 이러이러하니까 어느 대학에 갈 수 있고 네가 원하는 대학은 솔직히 어렵다 꼭 가려면 이렇게 저렇게 해야 한다 등등 현실적 조언을 하는 게 맞지.”

“그러니까. 그 친구가 순간 낙심은 하겠지만 혼자 있는 시간에 깊이 고민할 것 아냐.”

“어떻게 할 건지 계획도 세울 거고.”

“그런 상담을 듣고 너도 좌절했구나?”

“응. 네가 과연 저런 상담을 하시는 선생님에게서 어떤 도움을 받을 수 있을까 너무 슬펐어. 화나고.”

“선생님들이 비슷하다면 말이야.”

휴는 그 상담이 다시 생각나는지 뺨이 붉으락푸르락했다.

“그런데 휴야, 엄마 생각 하나만 말해도 되겠니?”

***

휴는 팔짱을 풀고 어머니 쪽으로 다시 상체를 기울였다.

“그 친구가 정말 대학에 가는 게 간절하다면, 정보 검색도 좀 많이 해야 하는 것도 맞는 것 같아.”

“너는 엄청 열심히 검색하지?”

"그렇지. 내가 스스로 뭔가 자꾸 찾아야지."

"그러니까. 선생님이 그런 상담을 하셨다면 말이야."

"선생님의 의도가 어떻든 결과만으로 보자면 그 대학에 갈 수 있다고 하셨으니 정말 갈 수 있는지 친구 자신도 알아보고 고민하는 노력을 하는 게 맞는 거라고 봐."

"우리나라 입시 제도가 참 어렵잖니. 한 사람만 노력해서는 힘들고 학생, 선생님, 부모 기본적으로 이렇게 함께 노력해도 산 넘어 산이잖아."

"그래서 네가 느낀 감정 중에 그 친구가 얼마나 고민하는 시간이 뒤따랐는지도 포함되어 생각해야 할 것 같아."

휴는 고개를 숙이고 뭔가 한참 생각하는 눈치다.

잘 못 말했나?
혹시 휴에게 상처를 더 준 건 아닌지 어머니는 당황했다.

휴야, 얼굴을 들어 봐.

휴의 어깨가 흔들렸다.
그러더니 흐느끼는 소리가 들렸다.

울고 있었다.

목 놓아 울던 울음이 그친 줄 알았는데 이번엔 흐느꼈다.

어머니는 너무 마음이 아팠다.

휴는 정말 혼란스러운 거야.

불안한 거야.

자퇴라는 단어를 입에 올렸어도 그게 옳은 건지 아닌지,

학교에 남는 게 옳은 건지 아닌지,

원하는 대학에 못 가면 어떻게 해야 하는지…….

"휴야, 엄마 생각에는 네가 잠이 너무 부족한 것 같아. 하
루에 네 시간 간신히 자잖아."

"엄마가 아무리 자라고 해도 네가 불안하니까 책을 붙들
고서는 안 잤잖아?"

"이렇게 잠이 부족한 상태에서 스트레스까지 많으니까
이럴 때는 부드러운 음식을 조금만 먹고 일단 한숨 자는
게 좋을 것 같아."

흑흑 흐느끼는 휴가 눈물범벅이 된 얼굴을 들었다.

동화 속에서

핏기 없는 휴의 얼굴을 보자니 어머니는 한국의 입시 제도를 산산조각 내고 싶었다.

어느 가정이나, 어느 부모나 마찬가지겠지.
얼마나 불안하면 저렇게 힘들어하겠어…….

"엄마도 그럴 때는 된장국에 밥 조금만 먹고 자면 약간 괜찮아지더라고."
"오늘만 좀 자자, 휴야. 응? 장기전이잖아."
"네 이름처럼 적절한 휴식을 중간중간 취하는 게 좋아. 한 잠자고 다시 얘기하자 우리."

휴는 웬일로 어머니의 제안에 순순하게 응했다. 그러고서는 욕실에 가서 얼굴을 아프도록 **빡빡** 문질러 세수하고 식탁에 앉았다.

연하게 끓인 콩나물 된장국에 질게 한 밥 반 공기, 계란말이 세 조각을 휴 앞에 놓아준 어머니는 어서 먹으라고 고개를 끄덕였다.

어머니가 차려 주신 따뜻한 음식을 먹으니 휴는 긴장이 풀리는 것 같았다. 밥을 간단하게 먹고 침대 머리에 기대어 앉았는데 주책맞게 또 눈물이 났다.

진짜 큰일이구나.

왜 자꾸 눈물이 나는 거야!

짜증이 나

그만 울어야지 하면서 휴가 몸을 내려 베개를 베자 이상하게도 잠이 스르르 밀려왔다.

참 이상도 하지.

생각이 꼬리에 꼬리를 물면 아무리 피곤해도 잠이 안 오던데 말이야.

오늘도 역시 생각 바구니가 꽉 찼는데 왜 잠이 오지?

몸이 노곤해지면서 눈이 감기자 휴는 입술을 잠깐 실룩였는데 뭔가 머리에 쾅 닿는 것 같았다.

뭐지?
아프지는 않은데 세게 맞은 것 같은데?
부드러우면서 묵직한 느낌이야.
잠깐 꿈꿨나?
아, 누가 내 얘기를 들어 줬으면…….

엄마는 매일 고생하는데 내가 자꾸 이런 모습 보이면 힘드실 텐데…….

***

휴의 몸이 갈색 문 안으로 완전하게 들어섰다.

무슨 냄새지?
따듯한 스웨터를 뜨는 털실의 달콤한 냄샌가?

아니 가만, 털실 냄새가 달콤하다고?

휴는 믿을 수 없는 '달콤한 털실 냄새'에 가늘게 떴던 눈을 확 뜨고 방안을 꼼꼼하게 두리번거렸다.

음, 벽의 아래, 위 색깔이 다르네.
위에는 상아색인데 아래 벽의 색깔은 초콜릿 과자 색깔이야.

아래 벽에서 과자 냄새가 나는 것 같아 휴는 코를 벌렁거렸다.

여기는 왜 다 좋은 냄새가 나지?

잠깐만,

밖에는 분명 바람이 불었는데 저 창문에는 눈발이 날리잖아.
백설 공주와 일곱 난쟁이가 사는 산속 오두막 창문처럼 생겼어!

귀엽기도 해라. 세상에, 저렇게 귀여운 창문이라니…….

감색 체크무늬의 붉은 색 커튼이 예쁘게 묶인 창문 밖에는 눈이 내렸다.

저건 뭐야?
와! 벽난로잖아!

벽난로에 앉은 노란 불이 방의 노란 조명과 어우러져 너무 푹신한, 안락한 느낌을 줬다.

휴는 꿈인지 생시인지 알 수 없는 초콜릿 과자 냄새에, 놀랍게 귀여운 창문에, 그리고 동화책에 나오는 것과 꼭 닮은 붉은 벽돌의 벽난로를 눈에 담는 순간 모든 근심이 녹는 듯 마음이 편안해졌다.

더욱더 놀라운 건 눈으로 보는 것마다 냄새까지 느껴지는 신기함이랄까…….

아 참! 그런데 여기가 어디더라?

퍼뜩 정신을 차린 휴가 눈동자를 좌로 우로 한 번 굴리자니 벽난로 앞 흔들의자에 앉은 어떤 여자가 보였다.

서른 살? 아니, 스물다섯 살?
아니야. 나이가 뭐 중요해?
뭐야, 저 원피스는 정말 백설 공주가 입은 원피스잖아!

평화롭게 흔들리는 흔들의자에 앉아 있던 여자가 천천히 일어났다. 휴를 보고 두 손을 모으고서는 활짝 웃었다. 참 좋은 웃음이다. 얼떨결에 휴도 두 손을 모으고 여자에게 꾸벅 인사했다.

"휴 님이시죠?"
"앗! 어떻게 제 이름을……."
"네, 제 이름은 마야예요. 반가워요."

마야…….
오! 익숙하지만 신비함 가득한 이름이야.

휴는 마야가 이끄는 대로 그녀가 앉아 있던 흔들의자 맞은편에 있는 또 다른 흔들의자에 조심스럽게 앉았다. 휴가 앉은 걸 확인한 마야가 휴의 얼굴을 보면서 다시 활짝 웃었다.

역시 좋은 웃음이야.

"우리 휴 님은 어떤 차를 드실까요?"

라고 하면서 마야는 팔을 쭉 뻗어 벽난로 옆 테이블에 놓인 티백을 손바닥으로 가리켰다. 예쁜 주전자와 더 예쁜 찻잔들 옆에 정갈하게 누워 있는 티백을 보자니 휴는 무엇인지 모를 행복을 느꼈다.

"음, 저는 국화차요!"
"국화차 좋아하세요?"
"아니요. 처음이에요. 저희 엄마가 국화를 가장 좋아하시거든요. 갑자기 엄마 생각이 나서요."
"아, 그렇군요. 잠시만 기다려 주세요."

코를 한 번 찡긋하고 테이블 쪽으로 걸어간 마야는 찻잔에 국화 티백을 넣고 찻잔 옆 주전자를 들었다. 마치 알라딘의 램프 같은 모양의 주전자는 황금색이 번쩍이면서 방의 조명과 만나 순간적인 한 줄기 환한 빛을 만들었다.

빛에 눈이 부셔서 눈을 잠깐 감았던 휴가 얼른 눈을 뜨니 마야는 주전자를 기울여 국화 티백을 넣은 찻잔에 쪼르르 물을 따랐다.

아니, 저건 뭐지?

주전자 입에서는 연기가 모락모락 나는 뜨거운 물이 흘렀다. 휴가 주위를 두리번거리니 주전자 물을 데울만한 가스레인지도 없고 난로도 없다.

그렇다면 벽난로 불에 데웠나?
아니야. 물 데우는 걸 못 봤는데?

마야는 그렇게 의문을 가득 안은 휴에게 가볍게 다가왔다. 그리고 쟁반에 올린 국화차 찻잔과 접시를 들어 흔들의자 옆 작은 테이블에 놓았다. 마야는 눈이 동그래진 휴에게 국화차를 마시라고 친절한 눈짓을 했다.

휴는 목례를 살짝 하고 왼손으로는 접시를 받치고 오른손으로는 찻잔을 들고 잠시 국화차의 향기를 맡았다.

은은한 향기.

생각보다 향기가 참 좋았다.

찻잔 속을 보니 조그만 국화가 띄어져 있었다. 귀하게 대접받는 느낌이었다. 휴는 갑자기 목이 울컥했다. 따듯한 국화차 한 모금이 휴의 목구멍을 타고 스르르 내려가는 순간 다시 울컥해서는 콧물을 홀쩍하고 마셨다.

참나, 처음 만난 사람 앞에서 콧물까지 마시고 좌우간 주책이야…….

울컥해서 코를 홀쩍인 그 감정의 색깔이 뭔지 확실하지는 않았다. 그러나 아주 감동적인 느낌이라는 건 분명했다.

이곳은 마치 원래부터 자주 왔던 그것처럼 안락했고,
마야는 처음 봤지만,

참 좋은 웃음이 휴 마음을 감싸 안을 것처럼 의지가 되었다.

"마야 님, 제 이름을 알고 계시는 것도 놀랍지만 어떻게 제 고민까지 알고 계시는 거죠?"

그저 가만히 들어주는 것의 힘

그렇게 휴의 이야기를 들은 마야는 모든 것을 알고 있었다.

"음…… 저를 만나고 싶어 하시는 분들의 이야기는 이미 알 수 있죠."

따듯한 국화차를 한 모금씩 마시는 휴의 표정이 점점 생기를 띠며 마야에 대한 호기심을 적극적으로 표현했다. 휴는 그저 스산한 거리를 지나 저 궁금한 갈색 문을 열고 들어왔을 뿐인데 마야는 어떻게 휴의 생활과 고민을 다 알고 있을까?

휴의 이야기를 진작 알고 있다는 마야는 휴에게 이런저런 충고를 한다거나 아니면 흔히 들을 수 있는 잔소리를 하지 않았다. 고개를 끄덕이며 들어 줬을 뿐이다.

진심이 담긴 공감의 눈빛을 가만히 맞춰주며 따듯한 국화차를 건네주고는 흔들의자에 앉기를 권했을 뿐이었다. 마야가 휴의 다리에 친절하게 덮어 준 부드러운 촉감의 붉은 색 무릎 담요를 손바닥으로 쓱 쓰다듬자니 정말 이상했다.

롤러코스터처럼 하루에도 몇 번씩 요동치던 휴의 불안한 마음이 뭔가 다독여지는 느낌이었다.

도대체 치울 수 없다고 포기할 정도로 마구 어지럽혀진 방이 깔끔하게 정돈되듯 후련했고,

맨 목에 우걱우걱 씹어 삼켜 목에 걸린 고구마 때문에 답답해서 가슴을 팡팡 치다가 오렌지 주스 몇 모금을 마시고는 비로소 살 것 같은 느낌이었다.

"휴 님은 지금 어떤 걸 하고 싶으셔요?"

"저는요, 자퇴하거나 아니면 했던 학생을 직접 만나 얘기를 좀 듣고 싶어요."

"현실적인 얘기를 듣고 싶으시군요."

"네. 엄마한테 자퇴한다고 말씀드렸지만, 솔직히 불안함도 있거든요."

"본인이 말했지만 그게 옳은 길인지 정답을 내릴 수 없어서인가요?"

"아! 네! 마야 님. 과연 좋은 결과를 얻을 수 있는 선택인지 아니면 잘 못 된 선택인지 무척 불안해요."

"하지만 엄마한테는 그런 마음을 보이는 게 힘들거든요."

"어머니께서도 불안하실 테니까요."

"네. 엄마도 두려우실 거거든요."

흔들의자가 살며시 흔들리는데도 어지럽거나 대화가 분산되지 않고 오히려 집중되는 느낌이었다. 이 방에 들어올 때 느꼈던 달콤한 향기의 털실로 부드러운 스웨터를 여유롭게 뜨면서 그냥 편한 대화를 하는 것 같은……

마야는 흔들의자에서 일어나서 갈색 문 오른쪽에 있는 행거로 휴를 안내했다. 행거에는 망토들이 가지런하게 걸려 있었는데 노란색, 파란색, 주황색, 초록색, 흰색 이렇게 다섯 벌이었다.

"휴 님, 어떤 색을 좋아하셔요?"

"어, 저는 노란색이요!"

"노란색이요. 정말 사랑스러운 색이죠. 노란색 망토를 한 번 걸쳐 보시겠어요?"

"아, 네!"

평소 캐릭터부터 옷핀까지도 노란색 사랑이 뿜뿜 넘치는 휴는 행거에 걸린 노란색 망토를 꺼내 어깨에 둘렀다.

망토의 길이는 무릎 바로 밑까지 내려왔고
목 부분에 동그란 황금색 단추 한 개와
컬러 양쪽 끝에는 길이가 10센티미터쯤 되는
밧줄 모양의 붉은 색 끈이 달려 있었다.

노란색 망토를 입고 즐거워진 휴는 날갯짓하듯 양팔을 들어 한 바퀴 휙 돌았다. 마야는 짝짝짝 손뼉을 치면서 활짝 웃었다.

***

아, 기분 좋아!

"자, 휴 님, 이제부터 제가 알려 드릴 게 있어요."

내친김에 몇 바퀴 더 돌리고 하던 휴가 양팔을 내리고 멈췄다.

"지금 입은 노란색 망토 컬러 끝에 있는 붉은 색 끈 있죠?"
"네."
"양쪽 끈 두 개를 동시에 잡아, 한 번 잡아당기면 휴 님이 만나고 싶어 하는 사람을 만날 거예요."
"와! 진짜요?"
"아니, 아직 끈을 잡아당기면 안 되고요. 그리고."

급한 마음에 끈을 한 번 잡아, 당겨보려던 휴는 놀라 손바닥을 쫙 펴고 마야를 쳐다봤다.

네, 마야 님, 그다음은요.

"사람을 만나고 집으로 돌아갈 때는요. 양쪽 끈 두 개를 동시에 두 번 잡아당기시면 돼요.""단, 사람들의 눈에는 노란 망토가 보이지 않을 거예요."

이렇게 한 번, 이렇게 두 번,

휴는 마야가 알려준 대로 끈을 잡아당기는 동작을 연습했다. 실수하지 말아야지 하는 마음으로 거듭 연습하는 휴를 쳐다보던 마야는 휴의 양쪽 어깨를 살며시 끌어당겨 안았다. 그러고서는 휴의 귀에 대고 나지막한 목소리로 속삭였다.

"휴 님이 선택하시는 것에 대해 제가 부족하지만 응원할게요."

끈 잡아당기는 연습을 하던 휴는 잠시 어깨를 움찔했다. 마야의 짧지만 조용한 한마디에 가슴 깊은 곳에서 뭔가 찌르르하며 요동을 치는 것 같았다.

마야 님이 믿는다고 했어.
신기하지, 우리 엄마 품 같아…….

***

"자! 휴 님, 이제 끈을 한 번 잡아당기세요!"

부드럽지만 단호한 마야의 외침에 자동으로 이끌리듯 휴는 양쪽 끈 두 개를 동시에 잡아 힘차게 한 번 잡아당겼다.

아! 마야 님, 당신이 그리울 거예요.
짧고도 긴 시간이었어요. 고마워요.

* * *

학원이 밀집한 ○○동 거리다.
목을 한껏 꺾고는 빼곡하게 들어선 건물들을 보던 휴에게 누군가 말을 걸었다.

"휴니?"
"네? 아… 네… 휴 맞아요."
"응, 나는 진우라고 해. 이진우."
"아, 진우… 언… 니!"

진우, 이진우라고 인사하는 그 언니는 얼굴이 하얗고 토끼처럼 동그란 눈에 휴처럼 단발머리를 하고 있었다. 휴는 고개를 내려 급하게 옷을 훑어보았다. 노란 망토다.

마야 님이 말하길 사람들의 눈에는 노란 망토가 보이지 않는다고 했지?

노란 망토를 입고 있으면 진우 언니가 어리둥절할 테니까 말이야.

눈치를 보자니 진우의 눈에는 노란 망토가 보이지 않는 것이 틀림없었다.

다행이야.

"휴야, 우리 저 앞에 카페에 가서 얘기 좀 할까?"

진우는 호기심 가득한 눈을 하고는 싹싹하게 휴의 팔짱을 끼며 오른쪽 검지로 한 카페를 가리켰다. 정은 많지만 무뚝뚝하고 조금은 퉁명스러운 휴는 당황하며

"아, 네, 네."

라고 하면서 진우가 이끄는 대로 카페 쪽으로 걸어갔다.

＊＊＊

"너는 자퇴하기로 완전히 결정했어?"

"네, 결정은 했는데, 언니 얘기를 좀 듣고 싶어요."

"언니한테 반말해도 돼. 언니도 처음부터 반말했으니까 우리 편하게 얘기하자. 괜찮니?"

"아, 네, 아니, 어."

반말하라는 말에 휴는 얼굴이 빨개져서 물컵을 괜히 두 손으로 감싸 안았다.

분명히 카페이고, 그러므로 카페에 앉아 있는데 마치 호그와트 도서관 같은 느낌이 나는 이곳은 자꾸 주위를 두리번거리게 만드는 매력이 있었다.

세상에, 이런 카페가 있다니, 정말 놀라워!

카페인데 호그와트라는 생각이 드는 건 무슨 일이야?

아니, 아니지, 진우 언니한테 집중해야 하잖아.

노란색_호기심,
그 냉철함의 선을 지키다_1

"저기, 언니는 고등학교 몇 학년 때 자퇴했어?"

"휴가 지금 고등학교 2학년인가?"

"응."

"나도 고등학교 2학년 2학기 때 자퇴 했어."

"와! 진짜?"

"응. 내가 자퇴한 이유는 따로 말하지 않을게. 휴는 내 이유보다 자퇴하고 수능 볼 때까지 기간의 생활이 궁금할 테니까. 맞지?"

"언니가 말해도 되고 안 해도 되지만."

"맞아. 기간의 생활이 더 궁금해."

"휴 부모님은 자퇴에 관한 생각이 어떠셔?"

"우리 부모님은 반대하지 않으셨고 배려해 주셔."

"원래는 반대하는 마음이 더 크시지만."

"언니도 이제 와서 생각하면 부모님이 얼마나 충격이 크고 서운하셨을까 알겠더라."

"너무 죄송하지. 나 힘든 것만 생각했거든."

"특히 아버지 반대가 너무 크셔서 엄마가 중간에서 더 힘드셨어."

대학교 1학년인 진우 언니는 시나몬 가루가 듬뿍 뿌려진 카푸치노를 한 모금 마시고서는 휴를 쳐다봤다.

"언니는 고등학교 2학년 10월에 자퇴했어. 그러니까 중간고사를 보고 모의고사 보기 전이야."

"와, 언니. 나랑 기간이 너무 비슷하다."

"그렇지?"

"휴야, 내가 자퇴하고 나서 가장 먼저 한 일은."

눈을 아주 크게 뜨고 진우 얼굴을 뚫어져라 보는 휴는 숨소리도 들리지 않을 정도로 이야기에 집중했다.

***

"실컷 운 다음, 밥을 엄청 많이 먹고."

진우는 숨을 한번 깊게 들이마셨다가 후하고 내쉬었다.

"잠을 한, 열세 시간인가 잤어. 정말 움직이지도 않고 계
속 잤대. 내 동생이 말하길."
"맞아, 매일 피곤했을 거야."
"그러니까. 공부할 건 너무 많은데 시간은 없고."
"그러자니 잠을 줄일 수밖에 없으니까 하루에 세, 네 시
간 잤거든. 사실 너무 힘들었어. 너도 그렇지?"

고개를 크게 끄덕인 휴는 테이블 위로 두 손을 모아 올렸다.

***

"그러고 나서 굉장히 허전한 거야, 뭔가. 울었다 웃었다
하는 기간이 한 달 정도 간 것 같아."
"사실 우리는 어려서부터 계속 단체 생활했고 매일같이

등교, 하교를 반복했잖아."

"그런데 그 생활이 완전하게 바뀌어서 오로지 나 혼자가 되니까, 그런 생활 자체에 적응하는 게 나름 힘들었던 것 같아. 나중에 생각해 보면."

휴는 다시 한번 고개를 크게 끄덕였다. 진우 언니가 느꼈을 당시의 방황이 가슴이 울렁거릴 정도로 이해가 되었다.

"휴가 막상 자퇴하면 언니의 길을 밟을 수 있어."

카푸치노가 너무 맛있다면서 세 모금을 연이어 마신 진우 언니는 호호호 웃다가 잠시 허공을 본 후 다시 휴를 가만히 쳐다봤다. 마치 휴를 깊이 이해한다고 말하는 것 같은 따뜻한 눈빛이었다. 휴는 진우 언니의 눈빛과 만난 순간 울컥하면서 눈물이 났다.

안 돼, 또 눈물이야.

"휴는 지금 어떤 게 가장 서운해?"
"나는 언니, 좋아하는 선생님이 계시거든. 나한테 정말 잘 해주셨어."

"선생님을 못 뵙는 것과 친구들 못 만나는 거 생각하면 너무 슬퍼."

"그래, 그럴 거야."

선생님 얼굴과 친구들 얼굴이 눈물 버튼이 된 듯 이름만 나와도 휴는 자꾸만 눈물이 날 것 같았다.

난생처음으로 좋아한 선생님이었는데…….

친구도 많지 않은데,

그래서 정말 잘 만나고 싶은 친구들이었는데…….

진우는 오른쪽에 놓아둔 상아색 면 가방을 열어 노란색 손수건을 휴에게 건넸다. 휴가 가장 좋아하는 노란색이다.

사각 귀퉁이 중 한 곳에 붉은색 산타클로스 모자가 그려진 노란색 손수건을 보자 휴는 입을 삐죽이며 우물거렸다.

아니, 산타클로스 모자까지 왜 슬픈 거야 진짜.

진우는 그런 휴를 조용히 기다려 줬다. 이상하게도 카페

안의 사람들은 휴가 우는 걸 쳐다보지도 않고 눈총을 주지도 않았다. 한참을 울은 휴가 노란 손수건으로 눈물을 훔쳤다. 울고 나니 속이 뻥 뚫리는 느낌이었다.

"그 수건, 휴 가져. 언니 선물이야."
"응? 손수건은 이별 아니야?"
"우리도 곧 헤어질 거잖아. 이별 맞네! 뭘."

환하게 웃는 진우의 얼굴이 반짝반짝 빛이 나는 듯했다.

"그렇게 마음이 들락날락하다가 차츰 정리되면서 생활리듬을 정한 거야."
"정말 힘들었겠다."
"언니는 학원을 어디로 다녔어?"
"응, 언니는 종합학원에 다니지 않고 수학학원 한 개만 다니고 기존에 듣던 인터넷 강의를 들었어. 너도 그렇지?"
"와! 언니가 그걸 어떻게 알아?"
"네가 나와 비슷할 것 같으니까 나랑 만난 걸 거야."

진우 언니는 이렇게 말하고 익살스러운 표정을 지었다.

"언니, 혹시 운동은 했어? 난 하고 싶거든. 체력이 떨어지면 안 되잖아."

"응, 맞아. 했어."

"운동은 점심을 먹고 짧은 시간 하거나 그때 하지 못했다면 예전 학교 다닐 때 학원에 빨리 갔던 시간이 있거든? 그 시간에 맞춰서 했어."

"만약 그것조차 못한다면 각 식사 시간 끝나고 5분씩이라도 스트레칭을 꼭 했고. 공부는 체력전이니까. 짧게 했지만, 꾸준히 했어."

물론 종합학원이나 다른 상황의 그림을 그려 일정을 정한 사람은 개인 상황에 맞춰서 해야 할 것이다.

강요는 아니니까!

진우는 이렇게 좀 평범하게 지냈다고 했고 결과는 '원하는 대학과 학과에 합격'했다.

그래, 사람마다 상황이 다르니까 본인의 상황에 맞춰서

해야겠지.

진우 언니 말처럼 거창하게 뭔가를 새롭게 정한다기보다는 평범하고 잔잔하게 생활하는 게 오히려 정답일 수도 있을 거야.

진우 언니는 정말 대단하네.
그 불안함을 다 이겨내고 뜻을 이뤘잖아.

마야 님도 그렇고 진우 언니도 그렇고 사실 아주 많은 대화를 나눈 건 아니다. 그런데 며칠 밤을 새워 얘기한 것 같은 넉넉한 느낌이었다.

진심으로 이해해주는 대화와 눈빛이 이렇게 의지가 되는 거구나.

***

"휴야, 저기를 봐."

휴는 진우가 손가락으로 가리키는 곳을 봤다.

호그와트 도서관 같은 이 신비한 카페의 벽에는 책 일곱 권을 마치 미끄럼틀처럼 연결한 것 같은 그림이 있었는데 그 미끄럼틀의 가장 밑의 책은 책 표지가 반쯤 열려 있었다.

진우 언니가 손가락으로 가리키는 첫 번째 책을 보고 있자니 휴의 몸이 미끄러지듯 밑으로 확 내려가는 느낌이 들었다.

계속 미끄러지다가 일곱 번째 책의 표지를 휴가 손으로 넘기는 느낌이 들면서 눈부시게 환한 빛이 카페 안으로 확 퍼지면서 들어왔다.

노란색_호기심,
그 냉철함의 선을 지키다_2

"휴야, 잘 할 수 있을 거야! 언니는 휴를 믿어. 잘 가!"

진우 언니의 목소리가 메아리처럼 들리면서 아득해졌다.

진우 언니가 믿는다고 했어!

＊

학교에 마지막 등교하는 날 입어야 할 교복을 챙기는 휴를 보면서 어머니는 마음이 착잡했다. 이제는 저 교복을 입지 못한다고 생각하니 서럽고 속상하고 마음이 아팠다.

휴도 얼마나 서운할까…….

휴는 교복을 입은 후 전신 거울을 보면서 거울에 비치는
어머니께 넌지시 말했다.

"엄마는 내가 자퇴한다고 했을 때 왜 전혀 화내지 않고
내 의견을 존중한다고 했어?"

"난 엄마가 엄청나게 반대할 거로 생각했거든."

"그렇지. 엄마는 사실 과정대로 정확하게 하는 걸 선호해."

"초・중・고등학교 잘 다니고 졸업장 무사히 받아서 그
다음 단계로 가는 거 말이야. 엄마한테 그건 정말 중요한
것이거든."

"그러니까. 그런데 엄마는 왜 내 의견을 존중한다고 했어?"

"응. 엄마는 네 생각을 느꼈기 때문이야. 대학을 그동안
의 것을 기반으로 새로운 걸 다시 시작한다고 생각하는 것
말이야."

"다시 시작이지, 대학은."

"한국은 입시제도 특성상 오로지 대학에 가기 위한 공부
를 하잖아."

"원하는 대학에 가는 것보다는 본인 성적에 맞춰서 수시

지원하고 막상 대학에 들어가면 모든 기력이 다하거든."

어머니는 휴가 입은 치마의 양옆을 잡아, 주름을 탁탁 폈다.

"이제 끝이라 생각하고 아무것도 하지 않는다 말이야."
"그건 정시로 가는 아이들도 비슷하고. 물론, 이후의 취업 고민이 가장 크지만."
"그것도 다 상황에 맞춰서 할 수밖에 없잖아."

"그렇지. 그런데 그 취업도 너무 힘들고."
"좋아하는 걸 하지 못하고 모든 걸 상황에 맞춰 타의대로 해야 하니까 취업의 길조차도 고통이야."
"맞아. 내가 하고 싶은 걸 고민하고 준비할 수 있는 여건이 안 돼. 초, 중 고등학교가."

휴 어머니는 학력고사 세대인데 차라리 그때가 좋았다고 했다. 왜냐하면 그때는 본인이 열심히만 하면 잘 된다는 보장이 있었단다. 그러나 지금은 공부하고 싶고 정시 준비해야 하는 사람이 자퇴까지 해야 하는 현실이 각박하다고 했다.

"휴는 스스로 인생을 개척하고 싶다는 고민에서 그 힘든 결정을 한 거잖아."

"엄마는 그 마음을 느낀 거야. 대학이 마지막이 아니라 시작이라고 느낀다는 걸."

"엄마는 아쉽지?"

"그럼, 내 딸이 마지막 남은 학창 생활을 뒤로하는 건데 아주 슬퍼 솔직히."

어머니는 이어서 이런 말씀을 하셨다.

학교가 공부만 하는 곳이 아니거든?
사회생활을 배울 수 있는 곳이잖아.

거기에 선생님, 친구들과의 관계에서 배워가는,
돈으로도 살 수 없는 그런 귀한 것들이 있는 곳이잖니.

그 소중한 마지막 일 년이 없어지니까 속상해.
학교 졸업식도 졸업장도 없잖아.

그리고 말이야. 휴가 얼마나 성실하게 학교 다녔니?

지각, 조퇴, 결석 한 번도 하지 않고.

아파도 병원 한번 가는 게 얼마나 힘들었니?

그런데 그런 부분에만 슬퍼져서 엄마가 감성적으로만 생각하는 건 옳지 않더라고.

"엄마가 그렇게까지 많은 걸 느끼는지 몰랐어."

휴는 어머니가 얼마나 아쉬워하셨고 큰 충격을 받으셨을지 거기까지는 깊이 생각하지 못했었다.

***

왜냐하면 어머니는 원래 어머니고 성인이니까 휴보다는 힘들지 않을 것이리라 생각했었다. 미안했다. 어머니에게 너무 미안했다. 진우 언니 말이 생각났다.

"우리 엄마께서도 생활이 갑자기 바뀌어 고생을 많이 하셨어."

"자식 키우고 이제 혼자 계신 시간도 좀 누려야 하셨는데 내가 그렇게 갑자기 집에 있게 되었으니 너무 힘드셨을 거야.”

“나 돌보시느라 엄마 생활이 다 뒤로 밀리고 엉망이 되었으니까. 지금 생각하면 다 죄송하고 불쌍하고 그래.”

교복을 입고서 전신 거울을 등지고 뒤돌아서는 휴의 눈에 눈물이 그렁그렁했다.

엄마, 나도 이제 여기까지만 울 거다. 정말이야!

그래, 휴야, 얼마나 속상하고 힘드니…….

어머니도 눈물이 가득해서는 마지막 교복을 입은 휴를 꼭 안았다.

잘 될 거야 휴.

우리 휴가 교복 입고 등교하는 모습을 이제는 다시 볼 수 없어서 엄마는 마음이 너무 아파.

앞으로도 교복 입은 여고생을 보면 부럽기도 할 거야.

그래서 서운해서,

본의 아니게 울 수도 있거든.

휴도 이런 엄마를 조금만 이해해주라.

하지만 네 선택을 믿고 엄마도 힘써 도울게.

사랑해 우리 딸.

휴는 교복 치마 주머니에서 손수건을 꺼내 우는 어머니의 눈을 손수건으로 꾹꾹 닦아줬다.

엄마, 열심히 할게. 정말로 후회 없도록…….

아이처럼 울면서 휴의 손에 얼굴을 맡긴 어머니가 손수건을 한참 봤다.

"어, 이거 못 보던 손수건이네? 샀니?"

"응?"

노란 손수건이다.

사각 귀퉁이 중 한 곳에 붉은색 산타클로스 모자가 그려진.

- 맛있는 다이어트

다이어트 그 진실은 뭘까?

나는 할 수 있어!

다이어트 그 진실은 뭘까?

마치 판타지 만화에 나올 법한 '마법의 고민 상담소'는 낡은 회색빛 건물에 있었다. 처음 온 곳이 분명한데 가여는 몇 번 온 것처럼 익숙한 느낌이 들었다.

그래서인지 한결 마음이 놓여 상담소의 갈색 문 앞에서 일부러 호흡을 정리할 필요가 없었다. 단 가여의 마음에는 이 두 가지 생각이 자리를 꽉 차지하고 있었다.

여기에 오는 사람들은 도대체 어떻게 찾아오는 걸까?

하긴 생판 모르는 남한테 고민을 털어놓는 게 더 편할 수도 있어.

뭐, 오히려 후련할 수도 있을 거야.

"끼익", 크지 않지만 묵직하게 존재감 있는 소리를 내며 갈색 문이 열렸다.

"안녕하세요! 여기, 고민 들어주는 곳 맞죠?"

열린 문 안으로 빠르게 들어오며 가여는 예의 바르고 씩씩한 목소리로 인사했다.

"네, 그럼요. 무엇이든 털어놓으세요. 다 들어 드릴게요."

가여를 쳐다보며 "무엇이든 다 들어 드린다." 사람은 활짝 웃으며 대답했다. 그 웃음이 따스해서 어찌나 기분이 좋아지던지, 목소리는 어찌나 친절하던 지 그만 바닥에 털썩 주저앉을 뻔할 정도로 가여는 긴장이 풀렸다.

아, 너무 좋아, 이런 느낌…….

보는 사람까지 기분 좋아지게 하는 웃음의 주인공은 '마야'라고 했다.

금발 머리를 했고 스무 살 후반? 서른 살 초반? 아니, 아니, 나이는 중요하지 않아. 나이가 뭐 중요해? 이야기가 잘 통하면 정말 고마운 거잖아.

그러려고 여기 온 거고 말이야.

"가여 님이시죠? 반가워요."

"앗! 제 이름을 아시는군요, 마야 님!"

"네, 우린 서로 이름을 알았으니까 지금부터 이야기 친구입니다."

이야기 친구…….

가여는 참 예쁜 말이라고 생각하며 고개를 빠르게 끄덕이면서 마야 옆에 앉았다. 포근한 노란색 불꽃 구름이 날아다닐 것 같은 벽난로다. 벽난로 옆에는 보통의 전나무와 달리 크기가 아담한 '전나무'가 있었다.

크리스마스트리로 인기가 많다는 '한국 전나무'로 만든 크리스마스트리 밑에는 빨간색, 파란색, 황금색 등의 선물 상자가 풍성하게 놓여 있었다. 키가 작은 원형의 조그만 테이블이 있는 융단 카펫에 마야와 가여가 앉았다.

"무슨 차를 드릴까요? 가여 님, 혹시 녹차 좋아하세요?"

"네! 좋아해요!"

마야는 가여를 보면서 살짝 웃은 뒤 예쁜 찻잔을 꺼냈다. 주전자에서 물이 보글보글 끓자 녹차 티백을 살포시 눕힌 그 예쁜 찻잔에 뜨거운 물을 쪼르륵 채웠다.

원래 특별하게 강한 향기가 나지 않는 녹차인데 이상하게도 지금은 너무 고소한 향기가 나 가여는 깜짝 놀랐다.

"녹차가 다이어트에 참 좋다는 말도 있죠."

행복한 표정을 하고 고소한 녹차 향기에 잠깐 빠졌던 가여는 '다이어트'라는 단어에 얼굴이 급격히 어두워졌다.

"저… 너무 힘들어요."

"그래요, 가여 님, 다 이야기해 주세요. 제가 들어 드릴게요."

***

권가여.

성은 권, 이름은 가여다.

올해로 열여섯 살. 2학기 기말고사를 앞둔 요즘은 날씨가 꽤 쌀쌀하다. 중학교 3학년의 절반을 보냈지만, 아직 진로를 확실하게 정하지 않아 조급한 마음이 있다.

'그래도 괜찮아. 고등학교 때 천천히 정하면 되니까.'

라며 스스로 위로하는 날의 연속이다. 하지만 정작 마음속 깊이 꿈이 있다. 바로 '아이돌!'. 어디서 배우지도 않았는데 춤을 정말 잘 추고, 춤 정도는 아니지만 노래도 곧잘 하는 가여는 '어디 어디 청소년 수련원, 문화센터' 등 그런 곳에서 댄스 경연대회를 하면 푸짐한 상품을 늘 받곤 했다.

그래서 엄마한테만 부탁해서 오디션 학원에 다니고 있는데 이제 2개월이 좀 넘었다. 원래 가여는 공부도 잘하고 학교생활도 모범적이어서 엄마는 반대했지만, 가여의 의지가 너무 강하니 엄마는 속상한 마음을 감추고 일단은 지켜보는 중이다.

어쨌든 열심히 해서 기획사 연습생으로 뽑혀야 학교나 친구들에게도 알릴 수 있다. 그때까지는 완전 비밀로 하고 있다.

오늘 아침에도 역시 이부자리에서 양쪽 다리를 쭉 펴 기지개를 활짝 켠 다음 일어났다. 머리가 띵 하고 아팠다. 가여는 무의식적으로 얼굴을 찡그리면서 바로 체중계 위로 올라가 체중을 확인했다.

눈금을 보자니 한숨이 푹푹 나왔다. 한숨을 쉬고서는 정수기 쪽으로 걸어가 비로소 첫 물을 마셨다.

아, 시원해!

꽃밭을 만지듯 조심스럽게 세수하고 스킨과 로션을 바르고 가장 기초적인 화장을 했다. 동그란 거울 뒤쪽으로 아버지의 얼굴이 보였다. 이때쯤 분명히 아버지는 잔소리하실 것이다.

일, 이, 삼!

***

"아니, 학생이 무슨 화장이야? 아침부터. 나 원 참, 이해가 안 되네?"

"아유, 여보! 요즘에는 학생들 다 해. 뭘 그래? 꼰대처럼."

"뭐? 꼰대? 이 사람이 진짜!"

어머니의 입에서 어김없이 '꼰대'라는 단어가 나오자 아버지는 정색하며 어머니를 째려보다가 가여를 흘겨봤다. 가여는 아무 말도 들리지 않는다는 듯 아버지를 외면하며 중얼거렸다.

오늘 조금 더 춥다고 했지?
교복 위에 후드 티셔츠를 입어야 하겠어.

후드티셔츠를 입은 뒤 뭐 빠뜨린 건 없나 가방을 확인하고 전신거울 앞에 섰다. 또 한숨이 나왔다.

하체 살이 왜 이렇게 안 빠지는 거야.
미치겠네, 정말. 그래, 이때다.

어머니가 부르실 거야.

"권가여, 밥 먹어야지."

"안 먹어요, 엄마. 배가 별로 안 고파. 오늘 일찍 나가야
해서요."

"어, 그래, 우리 가여."

어머니는 가여한테 밥 먹으라는 얘기를 두 번은 하지 않
으셨다. 원래 어머니는 아침밥을 꼭 차려 주셨고 가여는 당
연히 먹었다. 어쩌다 아침밥을 먹지 않으면 어머니는 몇 번
이고

"아침밥은 너무 중요하다고. 먹어야 해."

라고 하시면서 이변이 없는 한 반드시 뜻을 이루셨다. 그
런데 언제부터인가 가여가 아침밥을 먹지 않겠다고 하면
더 권하지 않으셨고 가여는 오히려 마음이 편했다. 그렇게
되기까지 어머니와 가여는 반복적인 갈등이 있었다.

"학교 다녀오겠습니다."

"그래, 가여. 잘 다녀와."

"네."

현관문을 나서니 제법 쌀쌀했다. 가여는 휴대폰을 들어 시간을 다시 확인하니 다른 날보다 이른 시간이다.

오늘은 정말 학교에 빨리 가겠네.

어머니한테 일찍 나와야 한다고 했지만 사실 특별한 일이 있는 건 아니다. 어제저녁부터 계속 먹지 않았더니 기운도 없고 화도 나서 어머니한테 괜한 짜증을 내고 싸울 것만 같았다. 그래서 의도치 않게 "학교에 빨리 가야 한다."라면서 나온 것이다.

가여의 배에서 요란한 소리가 났다.

무슨 천둥, 번개 치는 줄 알겠네.

가방에서 어머니가 챙겨 주신 물을 꺼내 한 모금, 두 모금 마셨다. 물이 목구멍을 타고 밑으로 내려가니 싸하면서 약간 속이 쓰렸지만, 배가 고프니, 물이 달다. 가방에 물통을 넣고 있을 때 휴대전화 벨이 울렸다.

"여보세요?"
"야~ 권가여, 너 어디냐?"

친구다. 또 만나서 가자고 하겠지?

"응, 나 지금 버스 타러 감."
"야, 같이 가장, 나 외롭당!"
"오케이, 정류장에서 보자."

그러면 그렇지.

일 년 365일 중 300일은 외로운 내 친구와 만나 함께 학교에 가는 길은 쌀쌀한 바람이 시원하게 느껴질 정도로 즐겁다. 배고픈 가여의 배도 잠시 통증을 잊은듯 했다.

***

3교시 수업이 한창이다. 가여의 배가 다시 요동쳤다.

아니 말이야! 고작 그거, 두 끼 먹지 않았다고 배가 이렇게 고프면 어쩌자는 거니!

가여는 계속 물만 마셨다.

물배라도 좀 차게 내일부터는 녹차를 마셔야지.

배가 고프니, 선생님 목소리도 귀에 들어오지 않았다. 가여는 필통에서 포스트잇을 꺼내 뭔가를 적기 시작했다.

'치킨, 피자, 탕수육, 초콜릿 빵.'

아, 초콜릿 빵이라니. 글자마저 아름답기도 하지.

'과자!'

가여는 가장 좋아하는 과자를 적고 글자가 새카맣게 되도록 동그라미를 그리고 또 그렸다. 달콤한 과자의 맛이 혀에 고스란히 느껴져 눈이 스르르 감겼다.

나는 할 수 있어!

수업할 때는 머릿속에 내용이 들어오지도 않더니 먹을 것만 생각하면 얼마나 집중이 잘되는지 단어 하나하나가 영혼 깊은 곳까지 쏙쏙 들어온다. 수업이 끝나고 쉬는 시간이 되었는데도 가여는 홀린 듯 단어에 날개를 달고 있다.

그러다가 고개를 들어 교실 안의 친구들을 봤다.

'엥, 쟤는 살이 더 빠진 것 같네. 밤마다 치킨 먹는다더니 거짓말이네.'

'뭐야, 쟤는 과자를 밥처럼 먹는데도 겁나 날씬하네.'

가여는 갑자기 눈이 동그랗게 커지면서 고개를 좌우로 흔들었다.

아, 미쳤나 봐.

이제는 친구들도 비교 대상이고 평가하고 있구나.

왜 이래, 정신 좀 차려, 권가여!

싫다.

모든 게 싫다.

어제저녁, 오늘 아침에 이어 점심도 먹지 않는 가여의 배는 끄지 않은 시계 알람처럼 계속 울렸다. 집에 돌아온 가여는 너무 우울했다.

거실 바닥에 가방을 내려놓고 소파에 멍하니 앉아 있다가 벌떡 일어난 가여는 뛰듯이 걸어가 냉장고 문을 열었다. 다이어트가 끝나고 먹으려고 사 놓은 빵이 보였다. 배가 고파 눈이 부릅떠진 가여는 홀린 듯 바로 빵을 집었다.

저녁도, 아침도, 점심도 먹지 않았는데 이 정도면 뭐, 괜찮지 않을까?

가여는 자기합리화를 시키며 고삐 풀린 소처럼 빵을 마

구 먹어 대기 시작했다.

손바닥만 한 빵 세 개를 순식간에 먹은 가여는 식탁에 놓인 휴대폰을 봤다. 저녁 6시 10분. 평소 같으면 배고픔을 참으며 물만 홀짝거리며 마시고 있을 텐데 빵 세 개를 먹고 조금 배가 부르니 갑자기 눈물이 벌컥 차올랐다.

도대체 왜 이 식욕 하나 참지 못할까?
결국 나는 또 실패하는구나.
그제 아침부터 어제 점심까지 많이 먹었으면 그만큼 굶어야 할 것 아냐.
그것 하나 못하냐고!
끈질기지도 못하니 뭘 해도 성공하지 못할 거야…….

빵 하나를 참지 못하는데 과연 뭘 할 수 있을지 가여는 정말 괴롭다. 가여는 식탁 의자에 앉아 입술을 꽉 물고서는 플래너를 쓰기 시작했다.

자, 이제 마지막이야! 이걸 못하면 실패라고.

'오늘 저녁은 굶기, 내일 아침과 점심 굶기, 내일 저녁에는 사과 4분의 1개만 먹기, 운동은 1시간 더 늘려서 하루 2시간이야.'

이걸 할 수 있겠지?

가여는 또 눈물이 났다. 나만 왜 이렇게 불행할까.

많이 먹고도 날씬하고, 운동하지 않아도 날씬한 사람이 얼마나 많은데 나만 이런 고생을 해야 하는 거야.
왜 매일 먹고 싶은 것도 먹지 못하고 힘든 운동을 빠지지 않고 해야 하는 거냐고.

비참했다. 가여는 사는 게 정말 비참하다고 느꼈다. 비참하다 못해 스스로 불쌍하고 세상이 미워졌다.

오늘은 아무것도 하고 싶지 않아.
아니, 내일 학교도 가기 싫어.

모든 게 다 싫고 귀찮다.

월요일부터 토요일까지 중 학원에 사흘에서 나흘, 연습실에는 이틀에서 사흘을 가는데 일요일마저도 몸이 아파 한방병원에 추나 치료받으러 간다. 학교 끝나고 집에 바로 와서 옷만 갈아입고 학원에 갈 때는 그래도 괜찮은데 학원 끝나고 집에 올 때는 정말 피곤해 죽을 지경이다.

집에 오면 씻고 학교 과제나 공부를 조금 하는데 그러자니 평균 수면시간이 세 시간가량 밖에 되지 않았다. 그런 생활이 이어지니 신경이 더욱 예민해지고…….

연습생으로 뽑히기 위해 애쓰지만, 성적이 형편없이 떨어지니 자존심도 상하고 가여는 마음이 너무 복잡했다. 가여는 아이돌 지망생으로 오디션 학원에 전념하기 이전 그러니까, 가여의 학업 생활 성적은 그야말로 퍼펙트 했었다.

우등생에, 모범생 그 자체였다, 부모님도 가여가 공부 쪽으로 진로를 정했으면 했고 그래서 더욱더 꿈을 마음속에 품기만 했었다.

하지만 일시적인 꿈이 아니란 걸 깨닫고 아버지 몰래 어머니께 허락을 힘들게 얻어 학원을 다니고 있다. 그러자니 어쩔 수 없이 성적은 형편없이 떨어지고, 체력이 견디지 못해 조퇴도 종종 하니 가여의 마음은 너무 복잡했다.

아니야. 담임 선생님께서 그러셨잖아. 두 가지를 다 잘하려고 하면 아무것도 안 되니까 현재는 오디션 학원에 집중하라고.

담임 선생님의 제안은 가여도 솔직히 놀라웠다. 당연히 포기하고 공부하라는 당부가 있을 줄 알았는데 말이다.

***

"가여 님, 얼마나 힘드세요."

마야는 진심이 담긴 따뜻한 눈빛으로 가여를 쳐다봤다. 따뜻한 눈빛이란 게 이런 느낌이구나…….

"네, 마야 님. 제 고민은 다이어트예요. 진짜, 너무 힘들어요."
"왜 의지대로 잘 안되는지 모르겠어요. 간절하지 않아서 죽을 각오로 하지는 못하는 것 같아 답답하고 두려워요."
"그럴 거예요. 다이어트는 참 어렵죠. 가여 님 마음을 충분히 이해합니다."

고개를 끄덕이는 마야를 보니 가여는 그만 몸에서 힘이 쭉 빠지는 것 같았다. 맥이 빠지는 그런 허무한 느낌이 아니었다. 팽팽하게 곤두선 신경세포들마다 긴장이 풀리면서 안정이 되는 느낌. 맞다, 뭔가·안심이 되는 느낌이었다.

마야는 후하고 심호흡을 한번 하더니 한층 더 친절한 목소리로 말했다.

"가여 님, 저는 가여 님한테 살 빼지 않아도 예쁘다, 지금도 충분히 예쁘다는 등의 말은 하고 싶지 않아요. 그런 말은 우리 가여 님한테 위로가 되지 않을 테니까요."
"네, 맞아요. 제가 다이어트를 한다고 하면 친구들이나 가족은 "지금도 아주 예쁜데 왜 다이어트를 하냐?"고 하거든요. 저는 그 말이 너무 싫어요."

***

"그렇죠. 가여 님은 어떤 이유가 분명히 있으므로 다이어트를 하고 싶은 걸 테니까요."

"그러니까요. 제가 다이어트 때문에 늘 스트레스를 받으니까 위로해준다고 그렇게 말하는 사람도 있겠지만, 나 자신이 만족하는 모습이 있잖아요. 그리고 저는, 음… 아이돌 지망생이거든요."

"체중계 앞 숫자를 4로 맞추라고 해요. 오디션 학원에서는요. 사실 힘들지만, 꼭 해내고 싶어요.

"네. 가여 님이 너무 간절하므로 고민을 거듭하다가 저를 찾아오신 것이거든요."

"맞아요. 정말 간절하지 않았다면 애초에 고민조차 하지 않았을 거고요."

간절해서 찾은 것이라는 마야의 말을 듣고 가여는 마음이 울컥 뜨거워졌다.

그래, 너무 간절한데 뜻대로 되지 않으니까 자꾸 우울하고 힘든 걸 거야.

"하루, 이틀 이어서 하는 다이어트가 얼마나 힘든데요."

"힘든 게 당연한 거고 배가 고픈 것도 당연한 거예요. 그러다가 너무 힘들어서 빵을 먹을 수도 있는 거죠."

마야 님은 냉장고에 있던 빵 세 개를 아는구나…….

"가여 님, 제가 하고 싶은 말은 별로 거창하지도 않아요. 거기에다 고민을 100% 풀어 드릴 능력도 없고요."
"뭐냐면, 가여 님이 정한 목표를 이룰 때까지 포기하지 말라고 말씀드리고 싶어요. 중간중간 실패는 해도 포기하지 않았으면 좋겠어요."

가여는 깜짝 놀랐다. 대부분 사람들이 이렇게 말했다.

"지금도 예쁘니까 이제 그만 둬.",
"도대체 언제까지 다이어트를 할 거야?",
"그냥 먹어."

등등. 가여한테 포기하지 말라고 말한 사람은 단 한 명도 없었다. 가여가 아이돌 지망생인 걸 모르니 더욱 그렇겠지만 말이다.

"제가 과연 성공할 수 있을까요?"

"그럼요. 식단이나 운동 같은 건 말씀드리고 싶지 않아요. 가여 님이 스스로 잘 알아서 하실 테니까요."

"많이 먹고 그다음 날 완전히 굶고 그런 방식 등도 다 해보셨으니까, 이제는 그런 방법 말고 좀 더 건강하고 좋은 방법을 알아내실 거라고도 믿어요. 할 수 있어요, 꼭."

가여는 마음이 다시 뜨거워졌다. 아까의 뜨거움은 슬프게 뜨거운 거였다면 지금 뜨거움은 뭔가 봄바람에 아지랑이가 몽글몽글 올라오는 것 같은 맑은 뜨거움이었다.

아, 이런 뜨거움은 너무 매력적이야!

가여는 다짐한 듯 주먹을 꽉 쥐고 일어났다. 포근한 카펫의 촉감이 가여의 무릎을 타고 같이 올라오는 것 같았다. 마야는 가여에게 단지 "포기하지 말았으면 좋겠다."라고 했을 뿐이었다.

요란한 위로를 하지도 않았고 새로운 다이어트 방법을 말하지도 않았다. 그러나 가여는 답을 얻은 듯 기운이 났다.

그래, 건강한 방법. 그렇게 할 거야!

"마야 님, 고맙습니다. 저는 지금 성공으로 가기 위해 실패라는 걸림돌을 자꾸 만나게 되는 거겠죠?"

"열심히 해 볼게요. 제가 생각하는 '저만의 예쁘고 건강한 모습'이 될 때까지요."

"그럼요, 가여 님. 가여 님은 아직 포기하지 않았어요."

"오히려 저한테 고민을 털어놓아 주셔서 감사합니다. 작은 힘이 된 것 같아 저도 너무 기쁘네요."

"아니, 아주 큰 힘이 되었어요. 정말 감사합니다!"

가여는 씩씩한 목소리로 말하면서 마야의 손을 꼭 잡았다. 마야의 손이 얼마나 따뜻한지 손난로를 만지는 것 같았다.

모든 게 너무 따뜻한 마야 님.

"마야 님, 꼭 성공해서 다시 올 테니까 한 번만 더 초대해 주실 거죠?"

"네, 당연히요. 그때는 연보라색 하늘 사다리를 내려 드릴게요."

와우! 연보라색 하늘 사다리라니!

가여가 가장 좋아하는 색이 연보라색인데!

마야가 활짝 웃으면서 '다음 한 번의 초대'를 약속했다. 가여는 마야한테 꾸벅 인사하고는 활기차게 걸어가다가 아쉬운 듯 뒤를 돌아봤다. 서로의 신뢰하는 눈빛이 만나 반짝하고 허공에서 금가루가 후두두 날렸다.

환상적으로 날리는 금가루를 보던 가여는 다시 뒤돌아서 걸어가 갈색 문을 활짝 열었다. 환한 빛이 열린 문 사이로 들어와 가여는 눈을 잠시 감았다.

상담소의 갈색 문을 처음 열었을 때 가여와 문을 닫고 다시금 긴 복도에 우뚝 선 가여는 같은 사람이다.

하지만 마치 다른 사람인 듯,

눈빛은 보석을 머금은 듯 반짝반짝 빛나고

표정에서는 자신을 사랑하는 기운이 가득 퍼지고 있었다.

-제2의 집, 출근하다

미운 오리새끼라는 소리를 듣다

나도 남의 집 귀한 자식입니다만

미운 오리새끼라는 소리를 듣다

"야! 인마! 열 부씩 복사하라고 했잖아!"

"뭐야? 커피 아직 안 사 왔어?"

"야야! 권 소여 엑셀 파일 왜 안 넘기냐? 자식이 느려 터져서는 답답해 죽겠네!"

세상이 빙글빙글 도는 것만 같다. 눈은 번쩍 뜨고 있지만, 어찌 보면 뜨지 않은 것도 같고 또 어찌 보면 못 뜨는 것도 같다. 이 눈이 과연 내 눈인지 남의 눈인지 감각도 없어지는 것 같고 거기에다 급기야는 속이 울렁거리면서 토까지 날 지경이다.

권 소여. 권 가여의 친오빠다.

스물아홉 살 소여는 열세 살 터울인 완전 늦둥이 여동생 가여를 마치 친딸 돌보듯이 '애지중지하면서 업고 키운 든든한 오빠'다. 하지만 이곳에서는 출근 시간부터 퇴근 시간까지 온종일 구박덩어리다. 퇴근 시간이 되면 없던 기운이 팡팡 솟구치며 신이 나지만, 출근을 위해 아침에 일어나려면 이상하게 배가 살살 아파 한바탕 전쟁을 치른다.

***

"여보, 여보, 잠깐 한나 좀 봐줘! 나 약국에 다녀오게!"

토요일 오전 여덟 시 삼십 분이다. 어제 금요일 밤 열 시까지 야근하고 자정이 다 되어 집에 온 소여는 배가 고파 라면을 두 개나 끓여 먹고 잤다. 새벽 두 시쯤 잤는데, 평소 야식을 잘 안 먹어서 그런지 아침이 되자 유난히 부대꼈다.

아내의 목소리가 빌라 현관문에 닫혀 멀어지자 그제야 소여는 실눈을 간신히 뜨고서는 천천히 몸을 일으켰다. 뒤통수에 잔뜩 까치집을 지은 머리를 긁적이며 '한나'를 불렀다.

한나는 이제 딱 삼십육 개월 된 소여의 딸이다.

요즘에는 결혼을 늦게 한다는데 소여는 스물여섯 살 때 결혼했다. 아내와는 중학교 동창인데 학교 다닐 때는 남자 사람 친구, 여자 사람 친구로 '평범한 학교 친구'로만 지냈다.

소여는 대학교 일학년 일 학기를 마치고 일찌감치 군대에 갔는데 여자 사람 친구였던 아내를 수료식에서 만나게 되었다. 아내는 아내의 부모님과 함께 친오빠의 수료식에 왔는데 각자 가족끼리 만났던 부대 근처 카페에서 우연히 만나게 되었다.

소여나 아내나 약속이나 한 듯 이성 친구가 없었는데 수료식 때 만난 계기로 진지하게 교제하게 되었고, 대학교를 졸업하던 해 2월 말에 둘은 결혼했다.

결혼하자마자 소여의 아내는 바로 임신했고 딸 '한나'를 출산했다. 집 문제는 다행히도 해결되었다. 소여의 부모님이 빌라 바로 위층에 사셨는데, 소여가 결혼하기 얼마 전 아래층 입주민이 이사하였고 그 집을 얻어 주셨기 때문이다.

서로 너무 좋아 헤어지기 싫어 결혼했지만, 너무 일찍 결혼한 탓에 제대로 알찬 준비를 잘할 수 없었던 소여는 아내의 임신기간과 딸 '한나'가 삼십 개월 때까지는 아내와 함께 일하고 육아, 가사를 분담했다.

대학교를 졸업하던 해 3월에 은행에 취업했던 아내는 계

속 일하기를 원했고, 소여가 조금 늦게 취업하더라도 당분
간 육아와 가사를 함께 했으면 좋겠다고 말했다. 삼 년 정
도 고등학생 세 명의 영어, 논술 과외를 병행하던 소여는
딸 '한나'가 삼십 개월이 되었을 때 취업했다.

과외와 육아, 가사를 함께 하면서 취업 준비도 착실하게
했던 소여는 늘 그렇듯 열심히 직장을 다녔다.

어릴 때 결혼해서 힘든 일이 많았지만 반대로 졸업 후 수
년이 흘렀어도 아직은 이십 대였으므로 그건 정말 장점이
었다. 아 참! 한나를 찾아야지?

***

"한나야~ 어디 있어?"

터울 많은 여동생 가여를 돌본 경험으로 아이를 잘 돌보
는 소여는 침대에서 내려와 딸 '한나'를 찾으면서 익숙하
게 '생활 속에서의 놀이'를 시작했다.

"우리 한나 여기 있나?"

무릎을 꿇고 침대 밑에도 한 번 모른 척 들여다보고,

"아니 없네? 그러엄… 아! 저기 있나?"

무릎으로 엉금엉금 기어가서 아내의 화장대 서랍을 조심스레 열었다. 휴대폰 두 개를 합친 크기의 조그만 서랍장이 "까꿍!" 하면서 열렸다.

"아빠! 바~보! 거기, 내가 어떻게 들어 가? 헤헤헤!"

어디선가 딸 '한나'의 귀여운 웃음소리가 들렸다. '한나'는 말도 참 잘해서 보는 사람마다 "아니, 어쩜 아기가 이렇게 말을 잘해요?"라고들 했다. 그러고 보니 열어 놓은 안방 현관문 아래쪽에 '한나'의 엄지발가락 끝이 꼬물거렸다.
  늘 그랬다. '한나'는 어딘가에 숨어서 소여가 찾는 걸 보는데 꼭 허점을 보였다.
  꼬물거리는 앙증맞은 엄지발가락 끝이라던 가 머리카락을 묶은 머리 끈에 대롱대롱 달린 동그란 파란색 구슬 한 쪽이라던가, '아빠는 바보야! 한나도 못 찾고. 헤헤헤!' 으스대면서 속으로 큭큭큭 웃는 버선 모양의 예쁜 코끝이 거울에 살짝 보인다던가.

소여가 어렸을 때 하던 행동을 그대로 복사한 듯 딸 '한나'는 그렇게 넘치도록 사랑스러웠다.

***

소여의 회사는 인턴 기간이 육 개월이다. 회사는 육 개월을 일한 인턴의 모든 근무 사항을 검토하여 정규직으로 전환하거나 아니면 일 년 계약직으로 전환했다.

물론 그 과정에서 무엇인가 무언의 부담감을 느끼거나 회사 상황이 맞지 않으면 퇴사하는 직원도 심심찮게 있다.

소여가 일하는 회사는 전국에 칠십여 개의 영어학원을 둔 강소기업인데, 말이 강소기업이지 연 매출이 정말 엄청난 규모여서 '알짜배기 기업'이다. 대학교에서 영어영문학을 전공한 소여는 이 회사에 합격한 후 잠을 한숨도 못 자고 첫 출근을 할 만큼 기쁨도, 감사함도 컸다.

아이들을 워낙 좋아하는 데다가 과외를 많이 했던 소여는 솔직히 영어 강사로 일하고 싶었지만, 강사 티오(TO)가 없어 사무직으로 입사했다. 하지만 열심히 일하면서 업무 경력을 쌓으면 언젠가 소여가 정말 하고 싶은 영어 강사를 할 수 있을 테니까…….

'이제 이곳에서 내 꿈을 펼칠 거야! 아내와 '한나'한테 더욱 든든한 가장이 될 거고. 우리 가여가 다니고 싶어 하는 실기학원도 보내 줘야지!'

소여는 만약 계약직으로 전환되어도 더욱 일을 열심히 해서 '꼭 정규직이 될 것이다.'라는 의지가 강했기에 인턴이지만 좌절하지 않고 씩씩하게 일했다.

그런데…….

현실은 살벌했다.

출근한 지 어언 반년 차 달에 들어섰고, 곧 '정규직이냐, 계약직이냐?'의 갈림길에 서 있는데, 선배 직원들의 따돌림은 점점 심해졌다.

"야! 미운 오리 새끼! 너 일로 와 봐!"

나도 남의 집 귀한 자식입니다만

"야! 권 소여! 빨랑빨랑 와라!"

회사의 본점 격인 서울 강남 지점을 관리하는 선배 윤 대리가 예의 그 꽥꽥거리는 목소리로 소여를 불러댔다. 워낙 까다롭고 골치 아픈 일이 많은 강남 지점은 그만큼이나 힘든 업무가 많아 직원들이 피하는 '최우선 지점'이다.

윤 대리와 함께 '기피 지점'을 관리하는 소여다.

매사에 느긋하고 신중한 소여는 성질 더러운 윤 대리에게 잘 맞춰 가면서 실수 없이 업무를 하는데도 윤 대리는 사사건건 소여를 못 잡아먹어서 난리다. 윤 대리가 소여를 막 대하니 다른 직원들도 함께 은근한 따돌림을 하고 있다.

점심시간에도 소여만 두고 자기들끼리만 휙 나가고, 새

로운 전달 사항이 있어도 소여에게 전달해 주지 않아 당황하게 하고……. 도대체 이유가 뭘까? 일 잘하고 착한 소여를 괴롭히는 이유가.

바로 그 이유는 이렇다.

소여가 동료 인턴을 돕다가 윤 대리에게 미운털이 박혀서!

소여와 함께 같은 기수로 인턴 입사한 남자 직원이 있는데 이름은 박 형유다. 나이는 서른세 살인데 대학교를 좀 늦게 졸업해서 다른 인턴들에 비해 나이가 많은 편이다. 소여는 이른 결혼과 육아, 가사로 늦게 입사했지만 그래도 이십 대 끝자락이고, 형유는 정규직으로 근무했어도 한참일 나이에 인턴이 되었다.

형유의 사정은 이랬다.

형유가 대학교 3학년 때 형유의 아버지가 암 투병 중 돌아가셨다고 한다. 암 선고를 받은 지 두 달 만에 갑자기 돌아가셔서 가족 모두 충격이 컸지만 이어지는 현실은 더욱 막막했다고 한다.

무엇보다 내내 전업주부였던 형유의 어머니는 생각지 않게 생활 전선에서 뛰어야 하는 상황이 되었는데, 형유는 대학교 3학년, 형유의 여동생이 두 명이고 동생들은 당시 중학교 3학년, 고등학교 2학년이었다고 한다.

그래서 형유는 대학을 휴학하고 물류 창고에서 일하면서 어머니와 함께 생계를 이었는데 그나마 다행인 건 형유는 일찌감치 군대를 다녀왔다는 것이다.

가족 모두 앞만 보고 달리느라 정신없었던 몇 년간의 기간을 보내고 동생들도 대학에 가고 형유는 어렵게 복학하여 대학교를 졸업했으니 그제야 전공을 살려 이 회사에 인턴으로 입사했다.

그런데 어쩐 일인지 직원들은 형유를 투명 인간 취급하면서 무시했다. 일단 인턴 중 가장 나이가 많기도 했지만, 바로 야근과 성격 때문이다. 야근은 시도 때도 없이 생겼는데 늘 어머니와 여동생을 잘 챙겨야 한다는 책임감이 강한 형유는 야근을 끝까지 하지 못하고 갈 때가 종종 있었다.

암으로 돌아가신 아버지에 이어 어머니도 유방암 투병 중인지라 더욱 그랬다. 하지만 형유는 정해진 근무 시간에는 정말 열심히 일했고 이어지는 야근에도 최선을 다했다. 하지만 가정 상황이 비상 상황이 많아서 야근하다가 선처를 부탁하고 가는 일도 있었다.

거기에다 형유는 낯을 정말 많이 가리고 말수도 적어 사근사근하지는 않은 성격이었다.

"아! 저 자식은 나이도 많아서 대하기도 불편한데, 밤낮 집으로 달려가."

"그러니까. 인턴 다섯 명 중 제일 마음에 안 들어!"

"이래서 나이 많거나 집안에 환자 있는 애들은 뽑으면 안 된다니까?"

"말도 별로 안 하고 말이야. 아주 주는 것 없이 미워, 저 자식은."

그날도 형유는 밤 아홉 시쯤 먼저 퇴근했는데 퇴근하려고 준비하던 윤 대리와 정규직들이 입을 모아 형유 흉을 봤다. 원래는 자기들도 야근을 끝까지 해야 하는데 인턴들에게 슬쩍 업무를 맡기고 퇴근하면서 형유 흉을 보는 그 사람들이 소여는 이해가 안 되었다.

하지만 어쩌랴. 힘없는 인턴이 무슨 말을 할 수 있겠는가 말이다.

"야! 권 소여! 이거 다 번역하고 가라. 알았지?"

자기들이 해야 할 일인데 소여한테 다 미루고 우르르 퇴근하는 윤 대리와 그 일당들이다. 그러면서 형유 흉으로 마무리했다.

"이거 박 형유 이 자식 할 일, 그대로 쌓여 있을 테니 내일 싹 뒤집어야지!"
"맞아. 지발로 기어나가게. 계약직이고 정규직이고 뭐고 잘리게!"

사무실 문이 요란하게 쾅 닫힌 문을 가만히 바라보던 소여는 한동안 꼼짝도 하지 않고 생각에 잠겼다.

***

아침부터 사무실이 시끄럽다.
형유를 곤경에 빠뜨리려고 계획했던 그 선배 무리가 인턴 네 명을 향해 난리를 쳤다. 형유는 두 손을 앞으로 공손히 모으고 미동도 하지 않고 서 있다. 얼마나 마음이 불편할까?
형유를 포함한 인턴 다섯 명은 허공을 보고, 당황해서 입술을 꽉 물었다 풀었다 하고, 또는 '도대체 누구야? 도와줘서 이렇게 시끄럽게 만든 사람이?'라는 눈빛으로 오히려 동료 인턴을 노려보면서 각자 다른 모습으로 선배 무리의 질타를 받았다.

이때 아무 말 없이 앞을 바라보던 소여가 오른손을 힘차게 들고 발음을 또박또박 정확하게 하여 말했다.

"뭐냐? 박 형유 업무 대신 해 준 사람?"
"제가 했습니다."
"뭐? 네가 했다고?"
"네."

선배 무리 중 두목인 윤 대리가 발걸음을 성큼 옮겨 소여 앞에 바짝 다가왔다. 그러고는 소여 얼굴에 본인 얼굴이 닿을 듯 아주 가까이 댔다. 본능적으로 얼굴과 상체를 뒤로 뺀 소여는 순간 '흡'하고 숨을 꽉 참았다.

사무실에 숨 막히는 정적이 흘렀다. 선배 무리는 물론, 인턴 네 명 역시 불편한 공기에 어쩔 줄 몰라 하며 한숨을 작게 쉬었다. 찬물을 확 끼얹듯 윤 대리가 낮은 목소리로 소여에게 물었다.

"네가 한 이유는?"

소여가 말을 잘하지 못하면 가만두지 않겠다는 듯, 뒤로 한 발자국 물러선 윤 대리는 양다리를 쭉 벌리고 서서는 팔짱을 끼었다. 소여의 입술에 모두의 시선이 모였다. 부담 한가득 시선을 느끼고 숨을 크게 들이쉰 소여는 아까처럼 또박또박, 천천히 말했다.

"사실 박 형유 씨 업무는 퇴근 전에 이미 끝났습니다. 저희도 마찬가지고요."

"그래서?"

"야근 시 저희에게 주신 업무는 솔직히 선배님들 업무로 알고 있습니다. 처음부터 알고 있었지만, 오늘 처음 말씀드리는 겁니다."

"어, 그래. 계속 떠들어 봐."

윤 대리는 태연한 척했지만, 쭉 벌린 다리를 자꾸 움직였고 콧구멍도 자꾸 벌렁대면서 숨을 빨리 쉬었다. 누가 봐도 열 받은 게 분명했다. 그러나 소여는 얼굴색 하나 변하지 않고 차분하게 계속 말을 이어갔다.

"바꿔 말씀드리면 선배님들의 업무를 저희가, 또 제가 매일 하고 있으니 그것 또한 남의 일을 도운 것에 속하지 않을까요? 자발적 도움은 아니지만요."

이 대목에서 윤 대리의 큰 콧구멍이 더욱 벌렁댔다. 콧구멍이 터지기 일보 직전이다.

"박 형유 씨가 무단으로 퇴근한 것도 아니고 본인 업무는 이미 완료한 상태에서 선배님들 업무를 했습니다. 그리고 밤 아홉 시에 정식으로 말씀드리고 퇴근한 것이고요. 이유도 가족의 병환으로 인해 보호자로서 병원에 급히 가야 하는 상황이었습니다."

본인 때문에 다른 인턴이나 특히 소여가 곤경에 처한 것 같아 형유는 볼이 빨갛게 되었다. 불안한 듯 양다리를 연신 움직이며 콧구멍이 터지라 벌렁대던 윤 대리는 숨까지 가쁘게 쉬면서 형유와 소여를 번갈아 노려보았다.

이 소동이 있은 뒤부터 윤 대리를 비롯한 선배 무리와 다른 직원, 거기에다 동료 인턴들까지 소여를 따돌렸다. 유일하게 형유가 소여에게 미안함을 표현하고 한결같이 대했는데, 마음은 너무 힘들었는지 버티다가 얼마 안 있어 퇴사했다.

형유는 본인이 퇴사해야만 소여가 괴롭힘을 당하지 않으리라 생각했을 것이다. 형유의 가정 상황을 아는 소여는 그렇게 쫓기듯 나간 형유가 너무 불쌍했다.

형유가 퇴사했지만, 동료 인턴들까지 소여를 계속 투명인간 대하듯 했는데, '저 사람들도 선배들이 압박하니 저럴 테지.'라고 소여는 스스로 위로하면서 가시방석 같은 나날을 지냈다. 죽지 못해 출근한다는 표현이 딱 맞았다.

퇴사한 형유는 소여에게 휴대폰 메시지를 종종 보내 미안한 마음을 계속 표현했다. 이런저런 어려움이 지속되니 아무리 느긋하고 평안한 성향의 소여이지만 정말 괴로워서 죽을 지경이었다.

***

이유식을 맛있게 먹고 새근새근 잠든 '한나'를 안고 있던 소여는 타공판 고리에 걸린 초록색 카우보이모자를 물끄러미 봤다. 귀여운 여동생 가여의 선물이다. 어려서부터 정글을 좋아하는 오빠 소여에게 가여는 정글 느낌이 물씬 나는 카우보이모자를 주면서 이랬다.

"오빠! 마음이 답답할 때 이 모자를 쓰고 한 바퀴 돌아 봐."

"왜?"

"응, 그러면 좋은 사람을 만날 거야."

"좋은 사람?"

"정말 좋은 사람. 그리고 예쁜 곳. 오빠는 스트레스 쌓일 때 말이야."

"응, 스트레스 쌓일 때?"

"오빠가 좋아하는 곳에 가서 둘러보는 것만으로도 기분 좋아지잖아."

"맞아, 우리 가여가 잘 아네. 오빠를."

"그럼 알지. 오빠는 이런저런 말하는 것 보다 좋아하는 곳에 가서 바람 쐬면 막 뽀빠이가 돼서 오잖아."

"뽀빠이? 아, 맞아. 하하하! 오감으로 느낀 것만으로도 오빠는 정말 힘이 나거든!"

"그러니까. 정글, 하늘, 카우보이모자, 말, 동물, 나비, 나무, 풀 등등 그런 것들."

좋은 사람, 예쁜 곳.

가여가 말하는 사람은 어떤 사람이고 예쁜 곳은 어디일까?

귀여운 가여는 오빠가 피곤하니까 잠 좀 푹 자고 그런 좋은 꿈을 꾸라는 거겠지?

  '한나'를 침대에 조심스럽게 눕힌 소여는 타공판 앞에 가서 초록색 모자를 한참이나 바라보았다. 그리고 '우리 가여는 참 귀엽다니까?'라고 중얼거리면서 한껏 폼을 잡고 초록색 모자를 썼다. 그러더니 씩 웃고 양팔을 옆으로 쫙 펼친 후 한 바퀴를 힘차게 휙 돌았다.

  훗, 누가 보면 바보 같다고 하려나?

***

  "히이이이잉!"
  "어어어어!"

  아니! 말이잖아?

  초록색 카우보이모자를 쓴 소여가 검은색 갈기가 멋지게 휘날리는 초콜릿색 말을 타고 있다. 말의 털이 얼마나 아름답게 빛나는지 눈이 부셨다. 세상에, 정글에서 말을 타고 달리다니!

더군다나 말은 바닥에서 달리지 않고 저만큼 높은 나무 중간 높이쯤에 붕 떠서 날아가듯 달렸다. 소여는 숨을 크게 한번 들이쉰 후 고개를 올려 하늘을 쳐다봤다. 눈 부신 햇살이 저 높이 나뭇가지마다 울창하게 드리워진 풍성한 나뭇잎 사이로 한없이 비쳤다.

그 맑고 예쁜 햇살의 색깔은 다이아몬드처럼, 활기찬 물의 숨결처럼 투명했다. 햇살 비를 듬뿍 맞으며 날아가는 초콜릿색 말과 소여는 아주 오래전부터 친한 친구처럼 그렇게 편하고 좋았다.

이곳은 영화 '아바타'의 주인공인 판도라의 원주민 '나비족'들이 사는 그곳처럼, 신비하고 아름다웠다. 더구나 말을 타고 달리는 소여의 뺨을 간지럽히면서 스치는 나뭇잎을 안은 나무는 '나비족'과 함께 살아가는 '영혼의 나무'와 똑같이 생겼다.

호기심으로 반짝이는 소여의 눈이 나무의 가장 높은 곳을 향해 멈췄다.

"자, 럭키! 더욱더 높이 올라가자! 이랴!"

럭키?

소여의 입에서 자연스럽게 불린 초콜릿색 말 '럭키'는 콧구멍을 아주 크게 두 번 벌렁 하고 "히이이잉!" 우렁찬 목소리를 냈다. 그러고는 앞 다리를 앞으로 죽 편 후 다시 발목을 'ㄱ'으로 꺾으면서 고개를 힘차게 뒤로 젖혀 위로 휙 날아올랐다.

'영혼의 나무'와 똑같이 생긴 나무의 꼭대기까지 올라간 '럭키'는 풍성하고 푹신한 나뭇잎 소파에 사뿐하게 앉았다. 소여는 초록색 모자를 들어 올려 저 앞을 봤다.

어? 누구지?

초록색 모자를 왼손으로 들어 올려 저 앞을 보던 소여는 눈이 커다래졌다. 맞은 편 굉장히 높은 나무 꼭대기에서 곱디고운 연보라색 계단이 사다리처럼 착 펼쳐지더니 솜사탕과 같은 구름 몇 개가 살랑거리며 움직였다. 구름 사이로 여자가 보였다.

금발 머리를 했고, 스무 살 후반? 서른 살 초반? 아니, 아니, 나이는 중요하지 않아. 나이가 뭐 중요해?

앗! 소여가 이렇게 중얼거리는데 동생 가여의 목소리가 함께 들리면서 소여와 똑같이 중얼거렸다. 소여는 깜짝 놀라 주위를 두리번거렸다. 하지만 귀여운 동생 가여는 보이지 않았다. 가여 목소리는 분명 들렸는데 보이지 않는 것도 이상한 소여는 흠칫 놀라 고개를 돌려 계단을 다시 쳐다봤다.

달콤한 솜사탕 같은 구름 한 개가 옆으로 사악 걷히더니 흰색 티셔츠에 멜빵 청바지를 입은 여자가 연보라색 계단의 첫 번째 칸을 천천히 밟았다. 검은색과 흰색이 함께 있는 캔버스화를 신었는데 소여의 딸 '한나'처럼 머리카락을 하나로 묶었다. 멍하니 보고 있던 소여는 갑자기 '한나'가 무척 보고 싶었다.

아니, 아니, 잠깐!
하나, 둘, 셋…….

소여는 여성이 계단을 한 칸씩 밟을 때마다 속으로 '하나, 둘, 셋' 숫자를 세었다. 콧잔등을 움찔거리면서 숫자를 세던 소여는 '49'에서 멈췄다. 초콜릿색 말을 타고 나무 꼭대기에서 맞은편 나무의 더 높은 곳을 올려다봤던 소여.

이제는 소여가 아래를 내려다봤다.

연보라색 계단을 다 내려온 여자는 마지막 계단에서 땅에 두 발을 디뎠다. 정글의 바닥은 부드러운 털실로 만든 초록색 양탄자처럼 폭신했다. 여자는 멜빵 청바지 왼쪽 주머니에 손을 꽂고는 오른손을 번쩍 들어 소여를 향해 두 번 흔들었다.

깜짝 놀란 소여는 본능적으로 손을 들어 여자와 같이 두 번 흔들었다. 여자는 활짝 웃었다. 그러더니 다섯 손가락을 딱 붙인 손바닥을 위에서 아래로 움직였다.

내려오라는 건가?

소여는 고개를 끄덕인 후 초콜릿색 말 '럭키'에게 속삭였다.

"럭키, 나를 저 아래로 내려 줘!"

사랑스러운 양쪽 귀를 쫑긋거린 '럭키'는 콧구멍을 벌렁거린 후 "히이이잉!" 크게 소리를 냈다. 그러고는 도약한 후 땅을 향해 아주, 아주 부드럽게 슈웅 내려갔다. 얼마나 부드럽고 편안하게 움직이는지 소여의 뺨에 스치는 바람이 간지러울 정도였다.

마치 나뭇잎이 공기 중에 살랑거리다가 땅에 떨어지는 것처럼 그렇게 폭신한 양탄자 같은 땅에 부드럽게 네 발을 디딘 '럭키'가 몸을 한번 꿈틀 움직였다.

그러자 소여의 몸이 높이 붕 뜨더니 땅에 착지했다. 뜀틀 국가대표 선수가 놀라운 공중회전을 세 바퀴 돌고도 믿을 수 없을 정도로 안정된 착지를 하는 것처럼 말이다. 소여를 땅에 내려놓은 '럭키'는 소여의 오른쪽 뺨에 자기 오른쪽 뺨을 비비더니 여자의 얼굴을 물끄러미 본 다음 천천히 뛰어 저 앞 나무가 많이 모여 있는 곳으로 가서 가만히 섰다.

여기서 기다릴 테니 아무것도 염려 말라는 듯
그러니까 마음 놓고 이야기하라는 듯

'럭키'가 말하는 것 같았다.

***

"아… 아, 안녕하세요."

낯을 많이 가리는 소여는 용기를 내어 여자에게 다가갔

다. 그리고는 어색한 듯 초록색 카우보이모자를 얼른 벗고 고개를 아주 많이 숙여 꾸벅 인사했다. 미소 지으며 소여에게 다가온 여자가 코를 찡긋하며 오른손을 내밀어 악수를 청했다.

"안녕하세요, 소여 님, 저는 마야라고 해요."

마야가 내민 손을 수줍게 잡아, 악수한 소여는 얼른 두 손을 모아 턱에 댔다. 아직 수줍은 듯 윗입술과 아랫입술을 서로 꽉 무니 양쪽 뺨에 예쁜 볼우물이 들어갔다.

"네, 안녕하세요. 마야 님, 제 이름을 아셔서 놀랐어요."

이때 저쪽 나무들이 많이 모여 있는 곳에 서 있던 초콜릿색 말 '럭키'도 "히이잉!"하고 소리 냈다. 마치 마야와 소여의 대화를 다 알아듣는다는 듯 말이다. '럭키'는 오른쪽 귀에 살며시 앉은 노란색 나비의 날개가 간지러운지 귀를 귀엽게 두 번 쫑긋거렸다.

초록색 모자를 만지작거리는 소여에게 마야는 폭신한 바닥에 앉기를 권했다. 소여가 고개를 끄덕인 후 바닥을 보니, 상암 월드컵 경기장 잔디 키의 족히 네 배는 큰 잔디가 곱게 펼쳐져 있다.

키가 큰 잔디는 한 올 한 올 빛이 났는데 마침 불어오는 잔잔한 바람을 타고 일렁였다. 뭐, 물결치는 작은 갈대라고 해도 될 것 같았다. 소여는 마야의 권유에 따라 조심스럽게 잔디에 앉았는데 정말 놀라웠다.

굉장히 푹신한 소파에 편안하게 앉은 안락한 느낌?

그랬다.

몸만 편한 게 아니라 마음도 편안했다. 아니, 참 이상했다. 난생처음 와 보는 곳에 와서 또 난생처음 보는 사람 앞에서 이렇게 몸과 마음이 편안하다니…….

앗! 저건 뭐지?

소여는 입이 딱 벌어져서 다물어지지 않았다. 세상에, 사자다! 잔디에 앉아 있는 소여의 오른쪽에서 암사자가 천천히 걸어오고 있었다. 그리고 그 옆에는 세상 귀여움은 다 가진 새끼 사자 두 마리가 짧은 다리를 열심히 움직여 어미를 따라왔다.

그런데 전혀 무섭지 않아. 도대체 이유가 뭐지?

땡땡랜드 사파리에서는 사자가 차량 가까이에 오면 조금 무섭기도 했는데 지금은 그렇지 않았다. 마치 여동생 가여의 사랑스러운 반려견인, 두 살짜리 골든리트리버 '모세'처럼 느껴졌다.

잔디에 편안하게 앉은 소여의 바로 앞으로 드디어 어미 사자가 왔다. 그러더니 소여의 오른쪽 어깨에 머리를 대고 부드럽게 비볐다. 소여는 그런 어미 사자의 양쪽 뺨과 귀를 손바닥으로 잡고 귀엽다는 듯 흔들었다.

"사라, 내 등 뒤로 와."

소여가 오래된 친구처럼 어미 사자 '사라'의 귀에 대고 속삭였다.

'사라'는 소여의 등 뒤에 와서 앉았다. 소여가 '사라'에게 기대자 '사라'는 소여가 더욱 편하게 기댈 수 있도록 천천히 엎드렸다. 소여의 등에 사랑스러운 '사라'의 따스한 체온이 느껴졌다.

새끼 사자 두 마리는 어미의 옆에서 서로의 머리를 물며

장난을 치고 있다. 머리부터 발끝까지 너무 귀여워서 눈을 뗄 수 없을 정도였다.

"소여 님, 우리, 새끼 사자 이름을 불러 볼까요?"

소여의 맞은편에 조용히 앉아 계속 미소 짓고 있던 마야가 말했다. 고개를 끄덕인 소여가 마야와 함께 새끼 사자의 이름을 불렀다. 새끼 사자들의 이름도 너무 자연스럽게 불렀는데 여기는 모든 것이 새롭고, 신비하고, 놀라웠지만 반대로 자연스럽고, 익숙하고 편안했다.

"심바!"
"라헬!"

자기 이름을 듣고는 고개를 번쩍 들고 그 귀여운 앞발을 껑충 올렸다 내려 뒤뚱거리면서 달려오는 새끼 사자들이다. 서로 경쟁하듯 소여의 품으로 동시에 뛰어들어 소여의 몸이 기우뚱하고 뒤로 넘어갔다

그런 소여를 보호하듯 어미 사자 '사라'가 얼른 일어나 앉아 소여가 안전하게 기댈 수 있도록 해 줬다. '심바'와

'라헬'을 안고 몸을 돌려 오른손으로 '사라'의 머리를 쓰다듬은 소여는 다시 앞으로 돌아앉아 '심바'와 '라헬'을 품에 아주 꼭 안았다.

아… 너무 따스해…….

'사라'에게 기댄 채 '심바'와 '라헬'을 안고 있자니 소여는 갑자기 마음이 뜨거워지면서 눈물이 났다. 조용히 울다가 나중에는 엉엉 울었다.

왜 마음이 울컥했는지, 왜 눈물이 쉴 새 없이 났는지 알 수 없다. 하지만 그 뜨거워짐과 눈물은 마치 '어머니의 손길'을 느꼈을 때 같았다.

아주 어릴 때, 아파서 힘없이 누운 열이 펄펄 나던 소여의 이마에 살며시 놓인 어머니의 손. 소여를 향해 무릎을 꿇고 앉으신 어머니의 손이 소여의 이마를 만진 후 두 뺨을 폭 감싸고 다시 이마에서 머리카락 쪽으로 쓰다듬어 주시던 그 순간.

열에 들떠 세상이 빙글빙글 도는 듯 어지럽고 몸에서 모든 기운이 빠져나갈 정도로 불안했던 그 순간에, 마음이 푹 놓이면서 울컥하고 눈물이 났었다. 분명 소여는 아빠가 되었는데 꼬마 소여의 마음과 아빠 소여의 마음이 합쳐지는 그렇게 묘한 감정이었다.

"소여 님, 내가 하고 싶은 일을 한다는 건 참 행복한 것 같아요."

"네, 마야 님. 그런데 어른이 되니 그게 가장 어렵더라고요."

"그렇죠. 해야 할 일과 하고 싶은 일. 어떤 걸 결정하든 용기가 필요하니까요."

"해야 할 일을 선택해야 하는 상황이 많다는 것도 어렵고요."

"내가 뭘 좋아하든 그건 나이와 성별에 상관이 없죠, 왜."

"아, 그러니까요! 맞아요!"

"음, 그리고 남자든 여자든 울고 싶을 땐 참지 않고 우는 것도 좋은 것 같고요."

"맞아요, 평소 울고 싶어도 못 울 때가 많거든요."

"만약 소여 님이 예전으로 돌아간다면요? 형유 님 일 전으로."

"돌아간다면, 음, 돌아간다면, 아마 저는 다시 그렇게 했을 거예요."

양쪽 무릎을 세워 두 팔로 안아 편하게 앉은 마야는 그랬다.

저 햇살 가득한 나무 위에서 솜사탕 같은 구름이 살며시 흩어졌던 연보라색 계단의 첫 번째 계단에서 만났을 때부터, '사라'에게 기대어 '심바'와 '라헬'을 안고 꺼이꺼이 우는 다 큰 소여를 보고도 별다른 말을 하지 않았다. 그저 소여를 바라봐 주고 소여가 아름다운 이곳을 느낄 수 있게 해 준 것뿐이다.

소여는 눈물을 그치고 다시금 주위를 둘러봤다.

세상을 빙 둘러 보호하듯 모여 있는 '영혼의 나무'와 같은 웅장한 나무들, 그 나무들 옆에 조용히 서서 "아무것도 걱정 마, 소여!"라고 말하는 것 같은 초콜릿 색 말 '럭키', 작은 갈대와 같이 부드럽게 물결치는 잔디, 든든한 등을 아낌없이 내어 준 어미 사자 '사라'.

그리고 아무 의심 없이 달려와 소여의 품에 폭 안긴 귀여운 새끼 사자 '심바'와 '라헬'.

그래, 저 위의 구름은 여전히 솜사탕같이 예쁘구나.

여기를 다시 올 수 있을까?

마야 님은 저 가득한 햇살을 안은 연보라색 계단을 하나씩 다시 올라갈 테지.

'럭키'가 물어다 준 저 나무의 나뭇잎 한 장은 영원할까?

***

"아빠, 아빠, 멋진 옷 입었어? 응?"

평소 청바지에 남방셔츠 등을 입고 출근하는 소여다. 그런데 '한나' 말대로 오늘은 좀 달랐다. 하늘색 와이셔츠에 감색 슈트를 입었다. 넥타이는 연보라색이다. '한나'는 평소와 다른 아빠가 멋져 보였는지 눈을 동그랗게 뜨고 소여를 한참 쳐다봤다.

기다란 전신 거울을 보며 옷매무새를 다듬던 소여는 그런 '한나'가 귀엽다는 듯 번쩍 들어 올려 품에 꼭 안았다. 그리고 '한나'의 두 뺨에 입술을 대고 붕 하고 소리를 내며 비비다가 뽀뽀했다.

"아~ 아빠 따가워!"

면도를 열심히 했는데도 소여의 턱이 따가웠는지 '한나'가 얼굴을 찡그리다가 다시 활짝 웃었다. '한나'를 안고 둥

기둥기를 하던 소여는 '한나'의 귀에 대고 속삭였다.

"한나야, 아빠 멋있어?"
"응, 최고야!"

소여의 속삭임과는 다르게 아주 씩씩한 목소리로 엄지를 척 세우며 칭찬하는 '한나'를 보니 소여는 뽀빠이가 된 것처럼 힘이 났다.

그래, 한나야, 아빠는 한나 아빠니까 더 용감해질 거야.

***

지하철이다. 소여의 휴대폰 땡땡 톡이 왔다. '강남 팀'이라고 제목이 있는 톡 방에 공지가 하나 떠 있다.

"윤 한규 대리, 금일 자 대구 지점 발령."

소여는 톡 방 위로 공지가 떠 있는 것만 확인하고 형유가 보낸 톡을 확인했다.

"소여 씨, 월차 잘 내셨어요? 잘 오고 계시죠?"

"네, 형님, 한 40분이면 도착합니다. 2층으로 가면 되죠?"

"네, 편안하게 오세요!"

"네, 형님!"

땡땡 톡 대화를 마친 후 소여는 책을 펼쳤다. 핸디 북, <톰 소여의 모험>이다.

얼마 만에 이 책을 읽는 건지 만감이 교차했다. 이 책을 다 읽으면 서점에 가서 <허클베리 핀의 모험>, <톰 소여의 모험>, <80일간의 세계 일주>와 같은 동화책을 살 예정이다. 벌써 가슴이 두근두근 활력이 솟았다.

"이번 역은 강남역입니다. 내리실 분은…"

'영혼의 나무'의 나뭇잎과 같은 코팅된 나뭇잎 한 장을 책 사이에 넣고 책을 덮었다.

지하철 출입문이 열리자 내리는 사람, 타는 사람이 가득했다. 소여는 초콜릿 색 크로스백을 야무지게 메고는 빠른 걸음으로 계단을 두 계단씩 성큼성큼 올라 지하철역 바깥으로 나갔다.

진한 회색 7층 건물 앞에 우뚝 선 소여는 복식호흡을 네 번 한 다음 건물의 자동현관문을 힘차게 열었다. 1층 안내 데스크에서 직원 세 명이 소여에게 단정하게 인사했다.

함께 목례한 소여는 비상구 계단 쪽으로 걸어갔다. 1층 안내 데스크 옆과 비상구 계단 앞, 그리고 엘리베이터 옆에는 성인 키만 한 입간판이 있다.

'○○학원 영어 강사 지원자 A팀 면접 장소 : 2층 대회의실.'

<\휴먼 판타지 중편 소설>

마법의 고민 상담소

초판 1쇄 발행일 : 2022년 11월 13일

글쓴이 : 홍기자
펴낸이 : 김정원

펴낸곳 :   찜커뮤니케이션
          등록번호 제 2015-000041호
          등록일자 2015. 03. 03
          주소 서울특별시 동대문구 장한로 18길31 201동 806호
          전화 070-4196-1588
          팩스 0505-566-1588
          이메일 zzimmission@naver.com
          포스트 http://m.post.naver.com/zzimcom
          트위터 https://twitter.com/zzim_hong
          인스타그램 https://www.instagram.com/book7book/

표지 일러스트 : 홍유진
내지 편집 디자인 : 당아

값 : 13,000원
ISBN : 979-11-87622-17-8